Maud Simonnot a passé sa jeunesse dans le Morvan et plusieurs années en Norvège qui l'ont inspirée pour ce livre. Sa biographie de Robert McAlmon, *La Nuit pour adresse* (Gallimard, 2017) a reçu le prix Larbaud et a été finaliste du prix Médicis essai.

DU MÊME AUTEUR

La Nuit pour adresse
*Gallimard, 2017*

L'Heure des oiseaux
*Éditions de l'Observatoire, 2022*

Maud Simonnot

# L'ENFANT CÉLESTE

*Éditions de l'Observatoire*

ISBN 978-2-7578-9638-9

*À Gabrielle et Sully,*
*mes deux enfants uniques*

« J'ai rêvé, l'autre soir, d'îles plus vertes que le songe. »

Saint-John Perse, *Amers*

*Dès sa naissance on le sait.*

*On se dit que cet enfant-là est différent.*

*Pourtant on ne le formule pas, on vient d'une famille pudique, et puis bien entendu toutes les mères doivent éprouver ce sentiment d'être devant un être singulier, forcément merveilleux.*

*On le tient entre ses deux mains, ce nourrisson réfugié dans une noix, si petit, si doux. Les reflets d'or clair de ses cheveux. Et ce regard un peu voilé qui ne le quittera plus. Lunaire. Oui c'est ça, un enfant céleste.*

# À la dérive

Nous traversons le fleuve et marchons jusqu'au Jardin des Tuileries. Un filet d'air fait bouger les arbres empoussiérés, la blancheur du sol nous éblouit. Nous nous sourions, comme étonnés de pouvoir être là, ensemble sous les feuillages, une saison de plus.

Paris déserté, les bancs alignés entre les tilleuls et les marronniers rouges, les rayons du soleil déclinant derrière les statues, les marches de l'escalier où nous ne cessons de nous arrêter pour nous embrasser : l'avenir nous appartient.

Quelques jours plus tard je recevrai ce message de Pierre : « Je n'aurais pas voulu mettre de tristesse dans ta vie mais je voudrais qu'on arrête. »

Et cette phrase, qui me pulvérise : « Je ne peux pas faire l'amour sans amour. »

Il n'y aura jamais d'autre explication.

*Célian*

La maîtresse a dit à ma mère que c'étaient des caprices, des fausses excuses tout ça, que je ne veux juste pas travailler, que je n'écoute jamais.

Maman a répondu : « Déconcentré ce n'est pas dissipé. » La maîtresse a haussé les épaules. Elle est convaincue que je suis un touriste, c'est le mot qu'elle a employé hier. Rosalie en a parlé à son père psy. Ça n'a pas loupé, il l'a répété à ma mère et elle a immédiatement demandé à voir la maîtresse. Mais ça sert à rien.

La maîtresse précédente était gentille. En plus elle s'appelait Madame Renard. Une semaine après la rentrée elle m'avait demandé ce que j'aimais. J'avais dit : « Les Shadoks ». Un lundi elle avait distribué des cartes qu'elle avait fabriquées pour nous apprendre à compter en GaBuZoMeu. Elle m'avait aussi nommé responsable de l'herbier de la classe. Depuis on en a commencé un autre avec Maman. Je ramasse des feuilles, je cherche leurs noms, et elle les peint.

Quand elle sort ses crayons et ses pinceaux je m'assois en face d'elle, je la regarde à travers le verre. Au moment où elle plonge son pinceau dans l'eau ça forme un nuage coloré qui se dilue lentement.

Aujourd'hui elle dessine un papillon pour moi. Elle découpe les antennes, fonce un peu le bleu au bord du dessin. Elle arrondit les ailes sur son doigt. Voilà, on dirait un vrai argus. Vole vole papillon.

« Avez-vous déjà eu le sentiment d'être abandonnée ? »

La phrase de Marceline m'est revenue tandis que, assise sur les marches en haut du cimetière de ma ville natale, je contemplais les tombes et le lac artificiel au-delà.

Un ami m'avait convaincue d'aller consulter cette psychanalyste malgré ma réticence à déballer mes rêves sur un divan à une personne qui finirait immanquablement par m'interroger sur ma petite enfance et mon rapport à mes parents.

Rue du Paradis il fallait franchir un porche, sonner à un interphone dissimulé sur le côté, se présenter. La première fois, partie dans le mauvais sens à la sortie du métro, je suis arrivée essoufflée, en retard. À l'interphone j'ai décliné mon identité, il y a eu un silence puis mon interlocutrice a été prise d'une quinte de toux et m'a dit dans un étranglement de gorge : « Je ne sais pas qui vous êtes mais montez. » À l'étage la porte était ouverte, il suffisait de la pousser. « Venez, venez. » Est apparue dans le salon une minuscule bonne femme, les cheveux roux, les pieds nus, déformés, qui avait du mal à marcher. « Entrez donc. » J'ai répété mon nom et mon prénom. « Ah oui *Mary*, il fallait me dire votre prénom, les noms je ne les retiens pas. » En la suivant dans une pièce surchargée de tapis et d'objets orientaux, je me suis demandé quel âge pouvait bien avoir Marceline, et pourquoi elle continuait de prendre des patients. À l'entendre tousser non-stop, à la voir évoluer si difficilement, on se disait que la vieille fumeuse devait être prête à mourir.

Lors de cette séance j'ai parlé du chagrin d'amour qui m'amenait. À la deuxième séance la psychanalyste a essayé de m'interroger sur ma petite enfance et mon rapport à mes parents, j'ai aussitôt décidé de ne jamais remettre les pieds ici. Puis Marceline s'est mise à tousser après avoir allumé une cigarette, j'ai cru qu'elle allait succomber devant moi et eu pitié. C'est exactement ce que j'ai ressenti : je ne pouvais pas lui faire ça.

À la troisième séance, j'ai réuni mon courage pour lui annoncer ma décision d'arrêter, et je suis rentrée chez moi, soulagée de m'être tirée d'affaire, me promettant qu'on ne m'y reprendrait pas. J'aurais dû m'y attendre, je connaissais le discours freudien – « votre expérience amoureuse désastreuse s'explique par une enfance dysfonctionnelle, une psyché insuffisamment consciente d'elle-même… » –, cette obsession à vouloir dénicher une origine dans le passé, comme si en plus de sa peine il fallait encore chercher en quoi on était responsable de son malheur. Pourtant je dois reconnaître que parmi quelques lieux communs Marceline avait dit deux choses qui avaient résonné en moi. Tout d'abord une révélation essentielle, à savoir que Pierre souffrait probablement aussi de cette situation. Et cette question bateau qui s'était engouffrée dans une brèche : « Avez-vous déjà eu le sentiment d'être abandonnée ? »

J'ai inspiré profondément avant de regarder, tout en bas du champ des pleurs, la tombe de cet homme, mon père, qui s'était suicidé quand j'avais sept ans, me laissant la fin de l'enfance pour tout héritage.

J'avais eu des difficultés à trouver sa tombe lorsque je m'étais résolue à m'y rendre enfin quelques années après sa disparition. Elle était tout près de celles des bébés, dans l'allée qui bordait le cimetière le long du lac. J'ai déposé un caillou sur la dalle de granite rose. Je lui ai rapporté des pierres rondes et polies des plages du monde entier. J'en ai toujours une avec moi, dans les poches de mes vestes, au fond de tous mes sacs. Les tourner et les retourner entre mes doigts me calme, leur contact me raccroche à la réalité ou au contraire permet de m'en dissocier.

Au moment de franchir la grille en fer de l'entrée, j'ai fait demi-tour pour pénétrer dans le carré où l'on se débarrasse des fleurs fanées et des vases brisés. D'aussi loin que je me souvienne je revois ma mère relevant précautionneusement les pots jetés, secouant les mottes de terre et récupérant des fleurs parfois encore en boutons. À chaque visite au cimetière, notre jardin s'agrandissait de quelques cyclamens, primevères, ou dahlias rendus à une nature anarchique. J'ai tenu un pot de pâquerettes contre moi, figée face à l'étendue d'eau.

*Célian*

Maman. Je t'aime beaucoup tu sais.

Dans ta chambre d'enfant rien n'a bougé. Je me mets sous l'édredon. Je regarde les rayures vertes des murs, les coquillages et les branches de corail, ta collection des premiers numéros de *La Hulotte*, un lucane mâle dans un bocal.

J'ai lu l'album sur les Découvreurs du Ciel posé vers ton lit, peut-être qu'on pourrait l'emporter à Paris ? Mon chapitre préféré c'est celui sur Tycho Brahe. Granny a trouvé ça drôle car ce scientifique te fascinait aussi quand tu avais mon âge. Il paraît que tu voulais être astronome. Je me demande pourquoi tu as choisi un autre métier finalement.

Moi je sais ce que je voudrais faire. Et je ne changerai pas d'avis.

« Regarde ce que j'ai sauvé. » Ma mère, entourée de ses chats, absorbée par sa couture, lève les yeux. Je lui tends les fleurs. « Tu viens du cimetière, c'est bien. » Un silence pesant. Puis sa gaieté reprend le dessus : « On appelle Célian et on va les mettre vers les aubépines ? »

En l'accompagnant dans ce jardin qu'elle créé par tous les temps, je songe que la vitalité organique des plantes doit être un remède à la mélancolie. Se fondre dans la simplicité d'un jardin, retrouver chaque jour cette nature généreuse, est peut-être une façon de consentir encore au monde.

J'avais fait découvrir à Pierre les polaroids de Cy Twombly sur des pivoines, des choux, des citrons… Alors que je l'interrogeais sur son travail, il m'avait répondu qu'il ressentait une lassitude nouvelle à écrire des histoires. Ça m'avait peinée mais je l'avais taquiné en lui disant qu'il pourrait toujours se consacrer à la poésie, ou à la photographie. L'idée lui avait plu. Un matin nous avions feuilleté un catalogue d'exposition de Twombly que je venais d'acheter, et admiré les images de pétales roses qui envahissaient les pages en gros plans vaporeux, clichés fanés aux airs proustiens.

Je lui avais aussi confié que le Morvan me manquait terriblement. J'étouffais au milieu de ce béton, le bruit m'assourdissait. Aux saisons intermédiaires, surtout, si peu marquées dans des villes où toutes les plantes semblent être condamnées à apparaître et disparaître dans un même mouvement accéléré, je rêvais de regagner l'espace de ma campagne, de marcher dans l'herbe… Pierre avait ri : « Tu es comme les chiens, tu as besoin d'un environnement particulier pour être heureuse. Je serais plutôt un félin, les lieux me sont indifférents. »

C'était un mois avant notre séparation. Nous avions profité d'un salon en Bourgogne où il signait son dernier roman pour partir quelques jours. Tandis que Pierre prenait des photographies des vignes rougeoyantes avec son Leica, j'ai ramassé dans la terre labourée des fossiles de bélemnites et d'oursins pour Célian. Au bout d'un rang j'ai soulevé une feuille de vigne et détaché la grappe dorée qu'elle cachait, petite grappe négligée lors des vendanges, si sucrée. Quelque chose dans l'atmosphère avait changé depuis la veille, nous avions basculé dans l'automne et une belle lumière dorée déchirait la brume froide qui recouvrait la vallée devant nous. Il m'a envoyé par la suite une photographie volée de cet instant où je suis là, immobile dans cette lumière, le regard vague. En fait je me mens. En fait à cet instant j'avais déjà l'intuition que notre relation touchait à sa fin.

Un soir, en quittant le travail, tard, j'ai vu Pierre entrer avec une jeune femme dans un restaurant où nous étions souvent allés ensemble. La fille je la connaissais, une auteure à la mode. Son attitude, rire, gorge, tout chez elle me blessait. Pierre en lui ouvrant la porte a posé sa main au bas de son dos, et ce geste m'a blessée atrocement.

C'était une vraie nuit d'hiver, glaciale. J'ai contemplé depuis le pont Neuf une cité qui m'apparaissait, même à ce moment-là, sublime avec ses façades haussmanniennes alignées derrière les silhouettes des arbres morts. Une architecture sophistiquée dont les volumes dessinés par les changements d'ombre et de lumière à chaque passage de bateau se démultipliaient dans l'eau.

Quelques mètres plus loin, je suis descendue sur le quai. L'air était orange, épais. Un couple enlacé contre un platane m'a fait détourner les yeux. Je me suis assise au bord du fleuve, espérant que le miroir apaisant de la Seine me console, mais la vision des bateaux mouches glissant sur l'onde comme des vaisseaux fantômes ne faisait qu'accroître la sensation d'être à côté de ma vie.

Je suis remontée par le boulevard de Sébastopol, la Gare de l'Est et la volée de marches du raccourci coupe-gorge le long de la Gare du Nord. Une lune blême s'était levée, éclairant dans les angles des murs des tessons de bouteilles, des oiseaux crevés et les corps recroquevillés de quelques toxicos échoués là au bout de leur misère. Au loin un métro aérien a brisé le silence, grinçant, désarticulé, sinistre. J'ai traversé ce royaume des damnés sans en prendre la mesure, moi-même âme errante, amputée de mon histoire d'amour. Toute la ville était contaminée par ma tristesse. Je ne m'en sortais pas.

*Célian*

Je passe l'heure à fixer la pendule. Dès que le cours commence je me dis qu'il reste cinquante-neuf minutes à attendre. Je n'arrive pas à souligner proprement, mon cahier est un torchon. Parfois j'essaie de ne pas regarder la pendule pendant au moins un quart d'heure mais je relève la tête et ça fait juste deux minutes.

Je suis obligé de bouger mes mains, c'est plus fort que moi. Je massacre mes gommes, je mange mes stylos, je me baisse sans arrêt pour ramasser mes cahiers. J'ai encore cassé ma règle, Maman ne va pas être contente.

Je n'arrive pas à ne plus m'ennuyer. J'essaie vraiment pourtant. Les autres élèves aussi semblent s'ennuyer, mais chez eux l'ennui doit être moins fort.

Je me demande pourquoi je suis là. Pourquoi nous sommes tous là. Je préférerais me promener dans la nature et observer les animaux. Ils sont plus heureux que nous. Ils ne vont pas à l'école, pourtant ils sont plus heureux c'est sûr. Ils se roulent dans l'herbe, dorment au soleil. Ils n'ont pas de montre.

La maîtresse m'a posé une question que je n'ai pas entendue. Elle s'énerve, je vois ses doigts crispés : « Tu imagines que tu peux te passer de mes cours ? » Je ne réponds pas et c'est pire. Elle devient toute rouge et s'approche en criant presque : « Puisque tu es si intelligent prouve-le. J'attends ta réponse, monsieur le génie. »

J'ai pleuré. Quelqu'un a dit : « Oh le pauvre bébé… » La sonnerie a retenti. Je me suis essuyé les yeux, je ne veux pas que Maman voie mes larmes. Tous les matins elle me fait des recommandations et je promets. Elle aurait de la peine si elle savait. À la sortie je lui saute au cou. Elle rit et passe sa main dans mes cheveux : « Ça va mon petit tigre, c'était bien ta journée ? »

On dit qu'Emily Dickinson s'est emmurée vivante après la rupture avec un mystérieux amant qu'elle nomme son « Maître » dans ses poèmes. Une existence de recluse volontaire, d'austérité, pour s'opposer à la souffrance. C'est cher payer un amour impossible mais il doit être tentant de se réfugier dans cette paix symbolique : une chambre, la solitude et la blancheur. Emily Dickinson n'a ensuite écrit comme elle n'a vécu, que pour elle. 1775 poèmes sur la perte de l'éclat de sa jeunesse, l'amertume, les passions.

J'ai pensé à cette poétesse lorsque je me suis retirée dans le Morvan. Ma mère m'a accueillie comme si c'était naturel que je débarque en pleine semaine sans prévenir. Elle s'occupait de Célian, l'embauchant pour bêcher, l'entraînant dans de longues balades en forêt, lui enseignant de nouveaux mots anglais. Elle me faisait aussi boire des infusions de lotier corniculé, fragile fleur d'un jaune impérial qui a paraît-il des vertus contre la mélancolie. Ses recettes ancestrales ne stipulaient pas combien de champs de camomille, valériane et millepertuis il aurait fallu pour venir à bout d'une telle asthénie.

Posée là toute la journée derrière la fenêtre de ma chambre en compagnie d'un vieux chat, le regard perdu au-delà des collines bleues de mon enfance, je ne ressentais que l'appel du vide et une extrême fatigue. Mon existence était une eau qui coule entre les mains. Je désirais dormir, oublier et être oubliée. Ne plus jamais avoir mal, ne plus jamais aimer.

*Célian*

Les forêts du Morvan ont une odeur de résine et de genêt.

Dans une clairière au sol couvert d'aiguilles Granny me montre un arbrisseau qui commence à fleurir. Je reconnais ses petites feuilles luisantes, c'est le bois-joli de la chanson. Lui aussi sent bon.

L'hiver, la nature est en sommeil mais les animaux sont là, enfouis dans les taillis, cachés sous les souches. Tout à l'heure j'ai cru voir une rainette dans le creux d'un tronc. Quand je me suis approché du hêtre, elle avait disparu sous la mousse.

Même au fond de cette forêt si sombre, je n'ai jamais peur : Maman m'a dit que la forêt appartient secrètement aux enfants.

La nuit précédant notre retour à Paris, je me suis levée bien avant l'aurore. J'ai descendu l'escalier sans faire craquer les marches, enfilé un manteau et des bottes par-dessus mon pyjama et je suis sortie.

Une lune gibbeuse illuminait le sommet des ormes gris qui marquent le début de la forêt et la pelouse scintillante de givre devant moi. Arrivée dans l'ombre des arbres le froid coupant m'a arrachée à ma rêverie, je suis revenue sur mes pas.

Depuis l'allée, tandis que je fixais la constellation d'Orion au sud de la voûte étoilée a reflué le souvenir, dans ce même jardin, d'un ciel d'été trente ans plus tôt. Le dernier souvenir heureux de ce père qui m'avait enseigné le nom des constellations, et celui de Tycho Brahe. *« Tu sais Mary, il a été le premier à cartographier le Ciel si précisément. À sa mort il était le scientifique le plus célèbre du monde. »*

Alors que depuis tout ce temps j'essayais de vivre en évitant de penser à mon enfance, elle m'est remontée à la gorge et j'ai pleuré sans plus savoir sur quoi dans une nuit qui recueillait, absorbait toutes mes peines.

Quand je suis rentrée, ma mère était debout et donnait à boire à ses chats. Cinq heures, notre heure, l'heure des sorcières. Nous avons pris un café. J'ai allumé la radio, les voix des journalistes ont empli la pièce, finissant de détacher la nuit des ténèbres.

Avant de regagner ma chambre, j'ai regardé ma mère, tournée vers le jardin, attendant les lueurs du jour. La veille elle m'avait dit que j'étais une fille qui avait poussé toute seule et qui lui avait toujours paru un peu lointaine, mais là elle ne me comprenait plus. Comment pouvais-je vivre au cœur d'une si grande ville, moi qui enfant passais mon temps dans la forêt, qui ne supportais pas d'être enfermée ?

La petite chatte grise est venue se frotter à sa cheville en ronronnant. « *Pussy*, *Pussy*... » Ma mère l'a flattée sous le ventre, et tout haut s'est demandée si elle n'était pas enceinte, elle lui paraissait bien grosse.

Un cauchemar comme tant d'autres. L'épreuve de la nuit. Des phrases de Pierre resurgissent dans mon sommeil. Je me réveille en nage. Je me réveille épuisée.

Sur la cheminée, à côté de ma boîte d'aquarelle, les feuilles de dessin sont retenues par un fer à cheval. Je ne me résous pas encore à le jeter. Pierre l'avait trouvé dans les Landes, avait pensé à moi, me l'avait rapporté. Étonnant geste censé me protéger chez un homme qui lui non plus n'est pas superstitieux. Un homme coupé en deux, ou percé, incapable de contenir la tendresse. Qui mélangeait tout et oubliait nos paroles, nos caresses, avec une drôle de mémoire infidèle.

Pour mon anniversaire, il m'avait offert un livre de Georges Bataille dont il avait marqué une phrase : *« L'être aimé pour l'amant est la transparence du monde. »*

Je n'ai jamais pu lui dire mais je ne crois pas que l'amour tienne du translucide, du cristallin. Loin d'éclaircir le monde il serait plutôt pour moi ce qui lui donne ses fonds sablonneux, sa profondeur, sa moiteur. Une énigme.

Cet homme indéchiffrable aux cent visages s'était pourtant montré parfois sans masque. Au tout début de notre liaison, une nuit Pierre m'avait raconté un épisode marquant de sa jeunesse. Il m'avait dit : « À toi je me suis confié comme jamais », et avec beaucoup de naïveté j'avais pris cette confidence pour une marque d'amour. Ce drame qui me l'avait rendu si attachant expliquait les mensonges, le besoin de fictions : depuis toujours Pierre n'écrivait que pour suivre ses ombres. C'est cette fêlure qui nous avait rapprochés. Nous nous étions reconnus, nous qui, derrière un même élan apparent, avancions dans la vie entravés par les spectres de nos passés.

J'ai parlé de Célian avec le père de Rosalie. On revenait d'une sortie scolaire, les enfants sont descendus du bus en courant et on s'est retrouvés comme deux cons sur le trottoir. Après avoir fait bonne figure toute la matinée, face au mur de l'école j'ai ressenti un immense abattement. Cet homme toujours bienveillant a dû le sentir : « Allez, je vous offre un café. »

Il m'a dit ce qu'il sait par expérience. Qu'un surdoué ce n'est pas quelqu'un de plus intelligent mais quelqu'un qui ne peut pas ne pas voir la fausseté du monde sans que ça lui soit insupportable. Qui réinterroge sans cesse le récit collectif, inepte, factice. Il faut juste aider Célian à rendre acceptable cette quête de sens, pour qu'elle ne devienne pas obsessionnelle. Lui apprendre à se laisser traverser par des émotions sans s'en aliéner, et en faire une liberté.

Il a utilisé cette image de la personne qui nage ou erre au milieu de l'océan sur un voilier : face aux courants marins et aux vents, tant qu'on lutte contre on n'avance pas, alors que si on les utilise on peut aller où on veut. Pour cet enfant, la clef de son avenir sera de résister à la conscience du temps sans s'y noyer.

Je l'ai remercié, ai hésité à lui poser une dernière question me concernant cette fois-ci, et me suis tue. Cette douleur rentrée est si ancienne.

Je progresse le long de la paroi. J'ai déjà grimpé ce bloc : un léger dévers, une prise à main droite et c'est gagné. Tout autour des jeunes qui s'entraînent là bien plus souvent que moi. Leurs rires lointains, les cris des encouragements, les éclairages artificiels et la musique poussée à fond d'ordinaire me vident la tête. Aujourd'hui les souvenirs appesantissent chacun de mes gestes. On imagine que s'élever protège des dangers mais aucune ascension ne saurait prémunir contre sa propre mémoire.

*« Tu es comme les chiens, tu as besoin d'un environnement particulier pour être heureuse. »* La phrase me mord par surprise et me déconcentre. Mon pied zippe, je tombe.

La chute a été amortie par le tapis. Une main secourable m'aide à me relever. « Ça va, merci, ce n'est rien. » Je me dis à moi aussi que je vais bien, je me suis juste fait un bel hématome. Pourtant, une fois seule dans le vestiaire de la salle d'escalade, j'enlève mes chaussons en pleurant.

*

J'aurais voulu garder sur moi un signe, une marque de nos étreintes.

En rentrant d'une nuit chez Pierre, j'avais découvert une trace bleutée dans le bas de mon dos, j'avais dû me cogner contre un meuble tandis que nous faisions l'amour. J'avais vu par hasard au même moment sur le site de l'INA un vieux *Bouillon de culture* dans lequel une auteure avouait qu'elle avait aimé conserver la cicatrice d'une blessure lui rappelant son amant. Avec plus de trente ans de décalage, je m'étais sentie proche de cette femme aux yeux émeraude qui depuis avait sombré dans l'oubli.

Les soirs je raconte à Célian l'histoire de Tycho Brahe.

D'emblée surtout, ce qui frappe dans sa biographie, c'est la succession de drames, les marques indélébiles de son destin. L'astronome naît le 14 décembre 1546 en Scanie, alors province danoise, dans une famille très riche, d'une noblesse qui « se fond dans la nuit des temps ». Second enfant d'Otte Brahe et Beate Bille, Tycho était leur fils aîné mais en réalité – il n'apprendra ce secret qu'à l'âge adulte – il avait un frère jumeau décédé prématurément. Son existence à partir de cette découverte sera évidée de cette absence originelle ; ce jumeau qu'on lui a caché sera son tourment, sa fragilité.

Et l'aventure rocambolesque continue lorsqu'il n'a que deux ans : Tycho fut enlevé à ses parents par son oncle Jorgen, Amiral des armées, qui l'éleva jusqu'à sa disparition accidentelle en 1565 après un plongeon dans les eaux de Copenhague pour sauver de la noyade Frédéric II, le roi du Danemark.

Abandonné enfant, auréolé ou damné par la légende des commencements, puis en partie déshérité à la mort de son père adoptif, Tycho Brahe s'affranchit encore un peu plus des chemins tout tracés en se mariant avec une paysanne. Auparavant on avait bien essayé de le fiancer avec une femme de son rang princier tout comme on avait tenté de lui faire embrasser des carrières prestigieuses, il préféra fuir la cour et ses artifices, les honneurs, les devoirs, pour se jeter à corps perdu dans cette vocation pour l'astronomie que tous jugeaient indigne. Même s'il semble avoir été aimé par sa plus jeune sœur – Sophie, sa collaboratrice, son alter ego –, sa famille et son milieu n'ont cessé de rejeter son mode de vie et ses choix.

Pour Célian je n'ai pas besoin de romancer la suite, véritable récit de cape et d'épée : à cause d'une dispute avec un cousin, Tycho Brahe se battit en duel le 27 décembre 1566 dans un cimetière allemand – 27 décembre, ça plait à Célian, c'est sa date de naissance. Ledit cousin lui trancha l'arête du nez avec un sabre, Tycho en restera défiguré et sera obligé de recourir désormais à une prothèse en or pour cacher les deux trous béants au milieu de son visage.

Voilà notre homme à vingt ans. Son seul refuge, celui des marginaux et des poètes : le ciel étoilé.

J'ai rendez-vous avec la maîtresse. Je m'assois en face d'elle sur une chaise basse, elle me tend le bulletin du trimestre. Je lis : « enfant paresseux », écrit noir sur blanc dans la case observation. Et en lettres majuscules : « demande de redoublement ».

Depuis son estrade, elle me dit que de toute sa carrière elle n'a jamais vu un cas pareil. C'est un peu facile de prétendre que ce gamin est surdoué. Il connaît beaucoup de choses c'est vrai, mais franchement il a de grosses lacunes. Il ne sait pas écrire. Il n'écrit pas. *Pas du tout.* Et puis en dehors de sa passion pour la nature, des tas de sujets ne l'intéressent pas. Elle conclut : « Reprendre le programme qui lui est passé au-dessus des oreilles pendant l'année, en se mettant enfin au travail, ne lui ferait pas de mal car je veux bien être compréhensive mais je crois, comme je l'ai inscrit sur le bulletin, que votre fils est surtout fainéant. »

Je me lève et lui dis que cet enfant est le plus intéressant, le plus intéressé qui soit, et que je m'opposerai à son redoublement. Je n'écoute même pas ce qu'elle me répond sur l'aveuglement des parents, que je ne viendrai pas me plaindre… Ma main tremble quand j'ouvre la porte de la classe, je ne suis pas certaine d'avoir pu articuler un au revoir.

Je récupère Célian qui m'attendait dans la cour de récréation déserte au pied d'un tilleul. Retour difficile à la maison. Il me serre la main en se retenant de pleurer. Rien ne peut me faire plus de peine que cette peine contenue. Je donnerais tout pour qu'il n'ait plus jamais à éprouver cette honte et cette souffrance. Qu'est-ce que cet enfant vient déranger pour susciter aussi peu de compréhension ?

Enfin chez nous, je le prends dans mes bras et je lui dis que ça va aller. La vie. Sa vie. Qu'elle sera belle. Je te le promets mon petit tigre.

On reste ainsi longtemps, puis pour lui changer les idées je propose qu'on aille chercher mon album de l'univers. Il le connaît par cœur. Je suis captivée par ses mots choisis, sa réflexion. Il me paraît parfois si sage, d'autres fois si anxieux… Ce que je ne lui dirai pas, pas tant qu'il sera enfant, c'est combien je peux le comprendre et me retrouver en lui. Moi à qui on reprochait d'être trop exaltée, trop sensible, et d'absorber comme une éponge les émotions, les bruits, les variations de la lumière. Je connais cette démarcation invisible qui sépare toujours des autres.

C'est Frédéric II qui l'affirme : « Toute l'histoire du Danemark trouve ses prolongements dans l'étude du Ciel. »

Peut-être parce que le père adoptif de Tycho Brahe lui avait sauvé la vie, mais surtout parce qu'il croyait à ses prédictions astrologiques et ne pouvait plus s'en passer, Frédéric II octroya beaucoup d'argent à l'astronome – on estime que ça représentait un pour cent des revenus de la couronne. Poincaré écrit qu'on ne saurait imaginer combien la croyance à l'astrologie a été utile à l'humanité : *« Si Kepler et Tycho Brahe ont pu vivre, c'est parce qu'ils vendaient à des rois naïfs des prédictions fondées sur les conjonctions des astres. Si les princes n'avaient pas été si crédules, nous continuerions peut-être à croire que la Nature obéit au caprice, et nous croupirions encore dans l'ignorance. »*

Le roi donna aussi une île. L'île de Ven, à mi-chemin entre Copenhague et Elseneur dans le détroit de l'Öresund, la « perle » aujourd'hui suédoise de la mer Baltique. Plus de cent personnes travaillaient sous les ordres de Tycho Brahe, qui dépensa des fortunes pour un projet inédit à l'époque : construire en plein milieu de Ven un palais fabuleux depuis lequel il étudierait les étoiles sans relâche.

Ce prince qui mêlait les sciences et la magie avait un charme fou malgré son visage fracassé. Sur son île il mena une vie brillante et libre. Il se révéla par ailleurs un homme de pouvoir : des dizaines de scientifiques et les plus importants souverains européens défilèrent dans son palais, et après la mort de Frédéric II en 1588, durant la régence de la reine Sophia de Mecklembourg, il devint vice-roi du Danemark jusqu'au couronnement du dauphin. Christian IV, qui avait commencé par perpétuer les faveurs de son père envers Brahe, arrêta brusquement ses largesses sur la base d'une enquête suivie d'un procès pour « hérésie ». La pension royale fut supprimée en 1597 et Tycho Brahe dépossédé du jour au lendemain de tous ses biens. Il affréta alors un bateau et s'embarqua avec sa femme, ses enfants, ses précieux instruments et tous ses journaux d'observations.

Avant et après l'épisode de Ven, la vie de Tycho Brahe n'est que drames, blessures, trahisons. Mais pendant vingt ans, sur cette île, il aura connu une parenthèse enchantée.

*Célian*

Ailes de papier, ciseaux, pierre. Impossible de dormir.

Je pense à Uraniborg, le palais d'où Tycho Brahe observait les étoiles. Pour changer des moutons je compte : Calliope, muse de la poésie, Clio l'Histoire, Euterpe la musique, Melpomène, Erato, Polymnie, Terpsichore, Thalie et Uranie, l'astronomie.

*Uraniborg*. Neuf lettres, comme les neuf muses.

Maman passe la tête par l'ouverture de la porte.

« Tu n'arrives pas à trouver le sommeil ?

– Non. Dis, tu peux me raconter encore ? »

Elle reprend les aventures de l'astronome, son kidnapping, le duel, son nez en or. Et le passage que je préfère même s'il est triste : l'histoire de l'élan.

Pour Brahe cet élan était une personne à part entière. Il avait sa propre chambre au sein du palais, assistait aux fêtes. Comme d'autres scientifiques célèbres, l'astronome aimait s'entourer d'animaux : une meute de chiens, des rapaces qui lui tenaient compagnie pendant les nuits d'étude ou, plus original, ce cervidé aux yeux doux arraché à sa forêt. Et puis, un soir où l'élan avait trop bu, il est mort en tombant dans l'escalier qui menait à son appartement.

Je détaille le portrait de Tycho Brahe en première page de mon album. Les tons sombres du tableau, sa posture, sa grande moustache rousse, les chaînes en or sur son pourpoint : rien dans ce portrait austère ne correspond aux anecdotes fantaisistes qui jalonnent sa vie. Car si je résume les données rassemblées, cet homme qui déclencha un scandale en épousant une paysanne avait pour meilleurs amis un élan alcoolique et un nain, Jeppe, sorte de bouffon doué pour les mots d'esprit et l'élaboration de thèmes astraux – on prétendait aussi qu'il pouvait lire le futur. Pour tout, y compris les relations d'amour ou d'amitié, décidément l'astronome ne faisait rien comme personne. Malgré la quantité d'écrits le concernant, il reste environné d'ambiguïtés et de mystères. Devenant par là-même une source de rêveries intarissable.

*

Alors que je relate la naissance de Tycho Brahe à Célian, quatre siècles plus tôt, en plein hiver, la sienne se superpose dans mon esprit. Mon petit *julebarn*, mon enfant de Noël.

Toute la nuit il avait neigé et quand il fallut prendre un taxi, l'aube muette avait dévoilé une ville immaculée. Il y a dix ans et c'était hier. Je me rappelle très exactement ce bonheur intense, la blancheur de la neige, les cœurs en papier accrochés aux fenêtres de la maternité, la promesse d'un avenir radieux tressé autour de cet enfant blotti contre ma peau.

Que s'est-il passé ? À quel moment ma vie m'a-t-elle échappé à ce point ?

« Rosalie, où est Célian ?

– Il arrive, il est avec Madame Renard, parce qu'il pleurait, il s'est battu.

– Quoi ? »

En effet je récupère mon fils, le visage encore bouleversé, discutant dans le préau avec son ancienne maîtresse. Elle me sourit : « Il va vous expliquer. Allez Célian, je suis d'accord avec toi, c'est injuste pour ta punition, mais tu dois la faire. Demain sera un autre jour. » Avant de nous quitter sur le trottoir, elle lui touche affectueusement l'épaule : « Tu vas me manquer l'année prochaine quand tu seras au collège. »

On marche jusqu'au square, on s'arrête sur un banc, je sors le goûter. « Tu me dis alors ? »

Il fond à nouveau en larmes en me résumant l'histoire : un élève a découvert une sauterelle verte dans un coin de la cour et a entrepris de la torturer avec un copain, Célian s'est interposé, ça s'est fini par une bagarre et ils ont tous été punis par un surveillant. En plus la sauterelle est morte, quelqu'un l'a écrasée pendant la bagarre, ajoute-t-il, inconsolable.

Mon premier réflexe d'adulte est de dédramatiser – ce n'était qu'une sauterelle, et ces gamins sans doute ne connaissent rien à la nature, ils ne se sont pas rendu compte…–, or c'est justement parce que ce n'était qu'une pauvre bête que Célian trouve ça si cruel. Je dénoue ses bras crispés autour de ses genoux, il se met à pleurer de plus belle, avec une telle détresse que je ne peux que l'embrasser et le tenir tout contre moi pour endormir son chagrin pendant que les ombres s'allongent dans le square.

*Planète* signifie « errante ».

À six ans, Célian était incapable de retenir le nom des jours de la semaine. Il pouvait réciter par cœur un poème de Rimbaud mais ne parvenait pas à enchaîner plus que « lundi » et « mardi », ensuite il proposait au hasard « samedi » ou « dimanche », tentant même parfois un nouveau « lundi »… J'avais essayé de l'intéresser à cet ordre secret en lui apprenant qu'en dehors du premier jour dû à la Lune, cinq de ces noms étaient ceux des astres vagabonds visibles à l'œil nu dans le ciel. Nous avions recréé un système solaire avec des billes, et là il avait immédiatement retenu l'ordre des planètes… toujours pas les jours de la semaine.

Les autres billes ont été perdues mais j'ai retrouvé au fond d'une sacoche le gros boulet représentant le Soleil, l'agate à hélice bleue choisie pour la Terre, et une bille en terre rougeâtre :

Mars, cette planète qui fut si importante pour Tycho Brahe.

Même si Célian n'aime pas qu'on aborde la fin, faisant semblant d'écouter distraitement tout en triturant un bout de papier, il faut bien reprendre l'histoire du « pape de l'astronomie » et la terminer.

À la suite de son exil forcé loin de son île, Brahe fut accueilli par Rodolphe II, le mélancolique empereur du Saint Empire, roi de Bohême et de Hongrie. Baigné dans un univers irrationnel, ce souverain croyait dur comme fer à la magie et à une destinée individuelle en résonance avec l'univers. Profitant de ses largesses, Tycho Brahe s'installa avec sa famille près de Prague dans le château de Benátky où Johannes Kepler le rejoignit pour devenir son assistant, et partager sans le savoir sa dernière année. On dit qu'entre l'astronome danois et le jeune Allemand tourmenté les rapports furent tumultueux. Mais Brahe avait su reconnaître avant tout le monde le génie mathématique de celui qui dans cette incroyable épopée du cosmos, après les intuitions de Copernic et ses propres talents d'explorateur, en serait le grand théoricien.

Brahe mourut brusquement le 24 octobre 1601 dans des circonstances non élucidées. Pendant son agonie il aurait supplié ainsi Kepler : « Débrouille-toi pour que je ne paraisse pas avoir vécu en vain ! » Kepler, qui lui succéda comme mathématicien impérial, répondit à ce vœu en publiant le catalogue d'étoiles constitué par Brahe sur Ven. À partir de ces milliers d'observations accumulées depuis l'île, notamment des trajectoires de Mars, Kepler établit les trois Lois qui régissent le mouvement des planètes, au-delà des espérances du meilleur observateur de tous les temps.

Le XVIe siècle est l'âge d'or des astrologues. Et celui qui érigea les horoscopes en art, sous la protection des rois et des empereurs superstitieux, c'est encore Tycho Brahe. On a retrouvé les calculs qu'il avait effectués à partir de son propre thème astral. On connaît donc l'heure de sa naissance à la minute près, le 14 décembre 1546 à 10 heures 47, soit Sagittaire ascendant Verseau. Sa planète dominante est Uranus, évidemment. La planète des découvreurs, en carré au milieu du ciel, indique toutefois une carrière et des rêves qui s'accomplissent dans la douleur, au prix d'un grand isolement.

L'astronome passionné par les pratiques divinatoires dut faire et refaire le thème de son jumeau malheureux. Est-ce que dans ce thème tout ramenait aussi à la Lune ? Ce qui est certain c'est qu'à cause de ces quelques minutes d'avance ou de retard entre les deux naissances, plus rien dans la bande du Ciel où tout se joue n'était aligné de la même manière…

*

Je n'y crois pas. Ni au fatalisme ni à l'influence des astres sur nos vies. Pourtant ce soir-là quand ma mère m'a proposé de calculer le thème de Pierre j'ai accepté.

Célian s'est approché du coin du feu. Ma mère lui a raconté l'héritage venu de la Mésopotamie, des milliers de vies lues dans les étoiles. Je me demande ce que doit penser mon enfant à l'esprit naturaliste, mais c'est si beau un cercle zodiacal, et puis comment ne pas être sensible à la litanie poétique de cette autre sorte de météo marine ?

La main de ma mère trace des traits entre les planètes et les maisons célestes, dessinant une sombre destinée : « Pluton conjoint Jupiter au degré près : le signe d'un homme puissant, à la parole prophétique. Neptune opposée à la Lune noire : la mort brutale et l'eau. Exactement comme dans ton thème, *honey*… »

L'avenir vraiment Mummy ? Ce n'est pas du passé dont on parle plutôt ? De cette petite fille en chemise de nuit faisant le guet devant la rivière où tu avais menacé de te jeter ? Est-il possible que tu aies oublié ? Je te fixe, visage paisible entouré de magnifiques cheveux tressés, un chat et Célian sur tes genoux malgré son âge. Il m'a dit pourquoi : il aime sentir ton odeur aromatique d'armoise et de verveine. Tu t'es lancée dans d'autres prédictions, mais déjà je n'écoute plus.

*Célian*

Maman grimpe dans mon lit. On se met tête-bêche sous le plafond phosphorescent de ma chambre où on a reconstitué quelques constellations : Cassiopée, La Grande et la Petite Ourse, Pégase, le Dragon…

Je pose la question qui me préoccupe :

« Si tu pouvais, tu partirais où ?

– Tu veux dire quel est l'endroit qui me fait rêver ?

– Oui, si tu pouvais te télétransporter…

– Peut-être que j'aimerais me reposer dans une cabane au bord d'un lac, entourée d'oiseaux. Et toi ?

– Sur une île recouverte d'une forêt vierge. Comme Robinson Crusoé. »

J'ai couru pour arriver à temps à la chorale de l'école. J'ai promis à Célian d'être présente, heureuse qu'il semble plus concerné que d'habitude par le spectacle. Mais comme chaque année, assise tout devant, je le vois participer à la première chanson puis oublier qu'il est là. Distrait par le passage d'une fourmi ou une idée fugitive, un son dans la cour…

Je ne peux m'empêcher de sourire malgré mon inquiétude en comprenant la raison de son absence : Célian est occupé à souffler discrètement sur une plume. Et je suis touchée à mon tour par la poésie de ce frêle duvet suspendu dans les airs, qui va et vient en hésitant jusqu'au sol. Le corps de Célian se tient debout au milieu des autres élèves chantant à l'unisson, mais son esprit s'est évadé très loin, dans sa rêverie infinie.

En rentrant je m'aperçois dans le miroir de l'entrée. Visage amaigri, pâle. L'abattement et le manque d'horizon qui se lisent autour des yeux.

Ma vieille tu fais une dépression.

Quatre heures du matin. Je me lève, soulagée, j'ai pris ma décision : je vais demander un congé, louer l'appartement, déscolariser Célian pour le temps qui reste avant les vacances d'été, et nous allons partir sous un ciel où nous respirerons mieux. Même si fuir ne résoudra ni les blessures de l'enfance ni celles de l'amour, tant pis, je ne peux pas continuer de me laisser aller ainsi à cette dévoration mélancolique. Pour mon fils au moins je dois surmonter mon chagrin.

J'ai conscience que je nous déleste d'un quotidien stagnant comme on ferait naufrage, et que si je demandais conseil on me dirait que ce projet est une bêtise. Je refuse de me laisser ensevelir à nouveau sous les recommandations. Combien de fois dans une vie réalise-t-on vraiment ce dont on a envie ?

Nous allons partir, quelques mois. Ça m'est venu en repensant à la métaphore de la voile contre le vent du père de Rosalie et à ma conversation avec Célian. Quant à la destination de notre voyage, c'est une évidence.

# L'île

Nous avançons sous un ciel d'un gris acier qui laisse filtrer par instants dans ses hauteurs de magnifiques rais de lumière.

Dans la brume du matin on distingue une forme à l'horizon. L'île approche, ses couleurs se densifient, et je suis saisie par la beauté des falaises ocres et des pentes herbeuses descendant jusqu'à la mer. Mon guide précise qu'elles sont appelées *backafall* et qu'une chanson suédoise à succès – « The Girl from Backafall » – évoque une jeune fille, debout sur les collines de l'île pour converser avec les vagues, en espérant le retour de son marin.

Ven devant nous semble surgir de la mer.

*Célian*

Le nom sur la coque de notre ferry est écrit en orange : « Jeppe », comme l'ami nain de Tycho Brahe. Nous sommes seuls sur le pont pendant la traversée. Alors que nous croisons un tanker le vent fait voler la jupe de Maman. Elle m'a offert des jumelles pour le voyage, je cherche des animaux marins. Soudain le museau d'un phoque pointe sur un rocher. Tu le vois ? Maman, vite, regarde !

À l'arrivée dans le port de Bäckviken, nous sommes accueillis par des mouettes rieuses et Solveig, une géante blonde qui m'écrabouille la main en me disant bonjour.

Sur la digue, des pêcheurs déchargent des caisses de cabillauds. À l'époque de Tycho Brahe, c'étaient des poissons tropicaux, des plantes exotiques et des oiseaux multicolores…

*Célian tu montes ?*

Solveig est venue nous chercher avec sa camionnette mais les gens ici, les habitants de l'île et les touristes, se déplacent en vélo. Elle nous les montre, des vélos jaunes, un peu partout. Le trajet est rapide, elle se gare dans la cour et nous présente un briard endormi devant la porte : « Loki, le patron ».

Dans mon imaginaire, le Nord a toujours été associé à une atmosphère limpide, comme si l'esprit pouvait être purifié par les vents et la rigueur des paysages.

Avec Célian nous avions choisi la pension de Solveig pour la photographie sur son site d'une fenêtre par laquelle on apercevait un jardin envahi de plantes. La maison, construite sur une lande entre la mer et la forêt, est encore plus belle que nous l'avions espéré. Une grande bâtisse en bois, deux étages aux plafonds bas dont les pièces déclinent des camaïeux de gris et de verts. Des tonalités douces, assourdies, reposantes.

Solveig nous a attribué des chambres qui communiquent par une porte arrondie. Pendant que Célian prend ses marques de son côté, je m'allonge sur le sol dans un halo de soleil et regarde la pièce : devant la fenêtre un bureau en acajou, dans le coin opposé un lit aux draps brodés de fleurs d'aubépine, une armoire et une chaise recouverte d'une couette pliée.

Célian m'a rejointe et le plus naturellement du monde se couche sur le parquet ciré, en face de moi. Ses yeux paraissent très clairs dans les rayons obliques. Il me dit : « Nous allons être bien ici. »

Le premier matin, en poussant les battants de ma fenêtre qui donne sur une plage en contrebas, je songe à cette scène dans *César et Rosalie* où Romy Schneider ouvre les volets de sa maison oubliée. Au bonheur sur son visage. Je voudrais toucher cette immensité d'eau pendant que la mer brumeuse appartient encore aux oiseaux. Les appels de Célian m'arrachent au paysage. Oui, on y va…

Dans le jardin où se prend le petit-déjeuner, une seule table est occupée. Solveig m'a dit qu'à part quelques cyclistes de passage, il n'y avait en ce moment qu'un autre pensionnaire, un universitaire anglais spécialiste de Shakespeare, « un habitué ».

Célian choisit une table tout près de la forêt. Des mésanges s'approchent, adorables, espérant glaner quelques miettes. Tout est si calme dans cette lumière phosphorescente qui tombe des feuillages sur notre table.

L'île imaginée n'est pas éloignée de l'île que nous découvrons, entre l'omniprésence de la mer et une nature exubérante.

La forêt bordant la pension est exactement celle où j'ai marché dans mes rêves cet hiver mais c'est, aussi, celle de mon enfance. C'est le même feuillage argenté des bouleaux contre le ciel pur, les mêmes petites stellaires à la blancheur éclatante parsemant les talus, les mêmes rayons du soleil sur la mousse. D'odeur en odeur ainsi se reforme ma mémoire de fille aux cheveux emmêlés et aux bras égratignés à force de grimper dans les arbres, de franchir les buissons de ronce en espérant disparaître avec les animaux sauvages, jusqu'à ce que les fins d'été viennent contraindre mes jeux et ma liberté.

Il a suffi que je pénètre dans ces bois scandinaves pour que tous les habitants qui peuplaient ma forêt renaissent sur mes pas : le garde-champêtre taiseux, la mare grouillante de vies minuscules, le martellement des geais et les cris des hulottes… Comme cette enfance a passé vite, recouverte par le désenchantement, les épreuves précoces. Ou peut-être pas. Peut-être que ce paradis perdu est toujours en moi. Peut-être que c'est là que j'habite pour toujours.

La forêt de Ven exhale un parfum pénétrant et délicieux. Ses larges ramures étouffent les sons, seules les feuilles qui se détachent et tombent en tournoyant ou les bruissements d'ailes troublent la magie de l'instant. J'aimerais m'enfoncer dans les hautes herbes, me fondre dans la terre de ces bois…

Mais dans la lumière, là-bas, apparaît Célian, flanqué de ce bon gros chien caramel qui ne le quitte plus. La vie m'appelle au bout de l'allée et j'avance sous les branches de plus en plus clairsemées qui font place au bleu du ciel, vers mon fils.

Les soirs, avant que Célian ne se couche, nous déplions une carte de l'île sur le sol de sa chambre. Nous suivons du doigt les contours de Ven, le tracé des routes, et choisissons les destinations d'après les noms si étranges des villages et des plages de sable blanc.

Aujourd'hui nous empruntons le chemin de la corniche et bifurquons pour atteindre le centre de l'île. Voilà, on y est. Nous garons nos vélos et foulons d'un pied timide l'emplacement de l'ancien palais, cette terre fantasmée. « Uraniborg » : le mot vacille une dernière fois dans ma mémoire avant de se concrétiser devant mes yeux sur tous les panneaux, les brochures, le mur de l'église rouge qui sert désormais de musée.

Je relis à l'entrée cette histoire que je connais par cœur. L'Ambassadeur de France au Danemark, Charles de Danzay, posa la pierre angulaire du château le 8 août 1576, date à laquelle les étoiles étaient favorables – comme pour la fondation de Bagdad quelques siècles plus tôt, Tycho Brahe s'en remettant à l'autorité des astres avait choisi à la minute près la conjonction parfaite de Jupiter et du Soleil à l'Ascendant, il fallut donc que tous se présentent dès l'aube sur le plateau désertique à un kilomètre des côtes.

L'architecte construisit ensuite une forteresse marine qui rappelle les églises dessinées par Léonard de Vinci, une forteresse dont la démesure vengerait Brahe de l'arrogance des hommes qui l'avaient traité en pestiféré. Et l'astronome ne s'arrêta pas là : il voulait des galeries ornées de pendules et de statues en marbre, des toits vénitiens mobiles, des tours dentelées de contes de fées, mais aussi un arboretum, une imprimerie, un laboratoire de chimie où il fabriquait des médicaments… Il aimait tout ce qui était beau, les dessins des signes zodiacaux, les matières soyeuses, le vin et l'or, l'alchimie des végétaux, et en recréant une cité idéale rassemblant toutes ses passions il réalisa un songe, dans ses moindres détails. À la fin des travaux, malgré la tempête de neige et les vents déchaînés qui s'abattaient sur l'île, Tycho Brahe organisa un bal fastueux. Il avait un peu plus de trente ans, il avait fait naître sur cette île inconnue jusqu'alors le plus grand observatoire de l'Occident.

Dans le musée, le guide commence par nous présenter une maquette du système solaire. Célian fait tourner les planètes sur leurs orbites comme des perles sur un fil, et l'interroge : « Pourquoi Tycho Brahe est-il si admiré alors qu'il n'a pas cru à la révolution copernicienne ? » Le jeune Suédois lui sourit : « Eh bien, il s'est en effet empêtré dans son système géo-héliocentrique cependant il a remis en question d'autres points importants des modèles antiques qui avaient figé le Ciel depuis Ptolémée. Par la priorité qu'il a accordée aux observations sur les dogmes théoriques, il a inauguré l'astronomie moderne, tu comprends ? »

Je remercie en pensée ce guide à l'accent si charmant. Un interlocuteur idéal pour Célian, lui qui a toujours tellement besoin de précision.

Le guide explique encore : Tycho Brahe, en 1572, a découvert une *nova stella* – « étoile nouvelle » – dans la constellation de Cassiopée, une étoile jamais cartographiée et pourtant plus lumineuse que Vénus. Il a passé des mois à étudier la couleur mouvante de cette étoile à l'éclat déclinant jusqu'à ce qu'elle se fonde dans l'azur. Il écrit dans son journal : *« Septième jour du mois de mars mille cinq cent soixante-quatorze : la nouvelle étoile s'est perdue dans l'immensité. Le vent est frais, les arbres bougent doucement, la nuit est claire ; Cassiopée a retrouvé sa forme habituelle. La nouvelle étoile s'est effacée, sans doute à jamais. »*

Brahe ne le sait pas : ce qu'il a observé à 7 500 années-lumière de nous est la rémanence d'une étoile disparue, et les couleurs fluctuantes sont celles de son explosion. Il ne sait pas qu'il a remonté le temps à ce point mais les mesures de cette supernova, effectuées avec un sextant en noyer qu'il avait confectionné lui-même, ont permis au Danois de réfuter l'immuabilité de l'espace supra-lunaire pourtant admise comme une évidence depuis plus de deux mille ans.

Cinq ans plus tard, l'étude de la trajectoire d'une comète l'amènera à déduire que les planètes ne reposent pas non plus sur les fameuses sphères de cristal d'Aristote…

« Transparent », « cristal », « céleste », l'harmonie de ces mots à chaque fois me frappe. On peut concevoir que pour les observateurs de l'Antiquité, les étoiles devaient forcément résider dans un monde parfait et éternel.

Sur la frise chronologique couvrant les murs du musée, une date donne le frisson. Celle de la mort de Giordano Bruno, livré à l'inquisition, supplicié, brûlé sur le Campo dei Fiori à Rome le 17 février 1600 pour avoir défendu l'idée d'un éther infini. Après le tour du monde de Magellan, Copernic qui a déplacé le centre de l'univers et Brahe dont les théories fracassent les idées reçues sur un Ciel qui en définitive « s'étend dans toutes les directions », l'Église et ses certitudes peuvent se mettre à trembler.

Avant de mourir, Giordano Bruno avait rédigé son épitaphe, dont les mots ont traversé les siècles, intacts :

> *« C'est donc vers l'air que je déploie mes ailes confiantes.*
> *Ne craignant nul obstacle, ni de cristal, ni de verre,*
> *Je fends les cieux et m'érige à l'infini.*
> *Et tandis que de ce globe je m'élève vers d'autres globes*
> *Et pénètre au-delà par le champ éthéré,*
> *Je laisse derrière moi ce que d'autres voient de loin. »*

En sortant du musée je repense aux obstacles rencontrés dans sa jeunesse par Tycho Brahe quand il voulut se consacrer à la mécanique céleste. Je m'assois à côté de Célian sur un banc pour être à sa hauteur et je reviens sur cette singularité devenue une force. Il ne dit rien mais me serre la main. Deux coups pour dire je t'aime. Et puis : « On continue la visite ? »

À quelques mètres de son nid d'aigle, Brahe fit construire Stjerneborg – littéralement « le château des étoiles » –, un observatoire enterré pour obtenir des mesures encore plus précises qui lui permettraient de redessiner la carte du Ciel en corrigeant les erreurs dues à des tables astronomiques caduques et des instruments n'ayant quasiment pas évolué depuis l'Antiquité. Le bâtiment auquel on pouvait accéder par un souterrain depuis le palais comportait des cryptes dont les toits cuivrés en forme de coupoles dépassaient du sol comme des champignons. Dans cet observatoire protégé des vents, Tycho Brahe avait installé un globe en bronze sur lequel il reportait la position des étoiles, un cercle azimutal et un astrolabe, des sextants, un immense quadrant mural, des sphères armillaires en laiton. Et trois horloges indiquant les heures, les minutes et les secondes car rien n'avait plus d'importance pour l'astronome que la matière invisible du temps.

Ces instruments gigantesques, la fantaisie baroque des deux châteaux, l'île transformée en arche de Noé… Célian a une théorie bien à lui : si Brahe aimait tant Ven c'est parce qu'il pouvait y faire tout ce qu'il voulait, loin de la cour du Danemark, de sa famille et des usages de la société. « Ça doit être formidable d'être vraiment autonome, de n'avoir personne pour t'embêter. »

Je lui écris sur l'envers de notre carte : *autonomos,* « qui se donne à soi-même sa propre loi ».

*Célian*

Avec ses longs poils Loki ressemble au chien nounou dans *Peter Pan*.

Maman dit qu'ici c'est un peu l'Île des Orphelins.

C'est super d'avoir un nouveau copain mais j'espère qu'il n'effrayera pas les autres animaux quand j'irai à l'affût. Solveig m'a promis qu'il ne bougerait pas : « Loki est un chien de berger très intelligent même s'il n'en a pas l'air comme ça ». Et on a rigolé parce qu'il courait dans la cuisine tout content pour nous montrer sa gamelle vide.

La mer brille le matin. On dirait que toute l'île fume au soleil. J'ai tellement hâte de pouvoir l'explorer, d'aller de plus en plus loin.

Solveig est fille et petite-fille de pêcheur, et sans doute ainsi de suite depuis qu'il y a des hommes sur cette île. C'est son grand-père qui a construit au début du siècle dernier la maison devenue une pension, le hangar à bateaux dont les pilotis plongent directement dans la mer, les escaliers en bois reliant la rive, la passerelle, et cette terrasse à l'arrière de la maison qui surplombe l'eau. De là, comme presque tous les soirs, j'aspire l'air iodé d'un ciel dans lequel les rayons solaires diffusent des vapeurs mauves.

Célian, parti jouer sur la plage, trace des sillons dans le sable avec un bâton. J'ai rarement vu une telle disposition pour la solitude, elle lui a toujours convenu plus que tout.

Mon esprit vagabonde au rythme des vagues. Célian m'a confié tout à l'heure qu'il voulait être photographe animalier. Pas juste photographe,

photographe animalier, pour pouvoir passer ses journées à contempler la nature.

Ma méditation est suspendue par le résident invisible, l'universitaire dont m'avait parlé Solveig, qui arrive avec une bouteille de vin, des verres.

« Vous acceptez la compagnie ? »

Cet homme élégant, vêtu de blanc, très pâle, qui m'a fait immédiatement penser au personnage de Des Esseintes, se révèle agréable et spirituel :

« D'où vous vient cet anglais impeccable ?

– Je suis à moitié britannique. Ma mère est de Somersby.

– Tiens, comme Tennyson, c'est son poème qui a inspiré votre prénom ? Ah *"Mary aux ascensions aventureuses, aux chutes et aux escapades enfantines"* ! »

Je ris, et ce rire me surprend moi-même. Tandis que la lumière décline sur le muret recouvert d'un énorme chèvrefeuille, je m'assieds plus confortablement, en tailleur, un verre entre les mains. Je n'avais jamais réfléchi au fait qu'en choisissant une île suédoise où la plupart des gens parle anglais, j'avais espéré être dépaysée mais aussi peut-être, inconsciemment, retrouver ma langue maternelle.

« Milan Kundera se trompe, dans *L'Immortalité*, quand il écrit qu'on ne se rappelle rien concernant Brahe sauf qu'il aurait déclenché sa mort en refusant, par politesse, de quitter la table d'un banquet alors qu'il avait une envie pressante. Vous savez, cette anecdote, la vessie éclatée… Non seulement il n'est pas oublié, la preuve vous et moi sommes sur cette île pour lui, mais d'autres ont supposé qu'il avait été empoisonné. Selon une légende, c'est le jeune roi du Danemark, Christian IV lui-même, qui aurait voulu le faire disparaître pour cacher qu'il était son fils. Beaucoup à l'époque pensaient en effet que la reine Sophia et l'astronome avaient été amants… »

Célian, remonté de la plage entretemps, écoute les propos du Professeur avec intensité. Lui qui avait été si désolé en découvrant cette fin ridicule de notre héros n'en avait été consolé que lorsque j'avais mentionné d'autres victimes du destin : Eschyle, Barberousse, Lully… L'histoire d'un possible assassinat de Tycho Brahe le passionne.

L'universitaire se tourne vers lui : « Toute sa vie Brahe a craint qu'on ne lui vole les milliers de données qu'il avait accumulées depuis sa cité des étoiles et certains ont suggéré que Kepler ait pu être le meurtrier. Ça, vois-tu, ça m'embêterait plus… »

Mon petit tigre acquiesce, grave à son tour. Le conteur hors pair continue de dérouler l'enquête d'une voix basse. Il nous apprend que les ossements de Tycho Brahe avaient déjà été exhumés en 1901 et que les analyses effectuées sur les prélèvements semblaient étayer la thèse d'un empoisonnement au mercure, or de nouvelles analyses ont été pratiquées en 2010 qui concluraient plutôt à un décès naturel : « Après des siècles de suspens, cette mort n'a toujours pas vraiment de cause établie et continue de nous échapper. Nous ne sommes pas plus avancés qu'avant de le déterrer, mais c'est peut-être aussi bien, non ? »

Le Professeur est sûr en tout cas que la destinée de Tycho Brahe aurait inspiré l'intrigue d'*Hamlet*.

Cette affirmation tombant dans le silence de la nuit claire, le deuxième soir que nous passons en sa compagnie, est si inattendue que je ne parviens pas à cacher mon étonnement. Habitué à ce genre de réaction il précise : « J'ai passé au crible des centaines de pages de théories farfelues et analysé tout le théâtre de Shakespeare, je suis convaincu que la clef est là. Cette possible relation entre l'astronome et l'écrivain est devenue une obsession, je pourrais vous en entretenir pendant des heures, arrêtez-moi si vous en avez assez. »

Mais Célian et moi voulons qu'il continue.

Nous sommes restés une partie de la soirée à l'écouter, tandis qu'au loin les moutons du pré voisin bêlaient doucement. Célian a fini par s'endormir, la tête contre mes genoux, sous une couverture de laine apportée par Solveig. De retour dans notre appartement, une fois Célian couché, je demeure les yeux ouverts dans l'obscurité en repensant à ces révélations en cascade. Je rallume et saisis la liasse de feuilles sur mon bureau. Des Esseintes – je ne peux déjà plus le nommer autrement – m'a prêté le brouillon d'un article qu'il doit publier à l'automne :

« Tout le monde connaît *Hamlet* mais reposons le cadre : "Le roi du Danemark est empoisonné par un filtre de datura. Son frère Claudius usurpe le trône et épouse la reine Gertrude. Le défunt revient hanter le château de Kronborg à Elseneur et demande à son fils Hamlet de le venger."

Selon une thèse publiée en 1996, la pièce de Shakespeare serait une allégorie de la dispute opposant Tycho Brahe à d'autres astronomes. Ainsi Brahe, amant présumé de la reine Sophia, aurait inspiré le personnage de Claudius et ce prénom "Claudius" aurait été choisi en référence à Claudius Ptolemaeus, c'est-à-dire Ptolémée. Et dans l'hypothèse où cette pièce évoque les lois qui régissent l'univers, Shakespeare aurait défendu des idées scientifiques révolutionnaires. La description des étoiles et du Ciel – *"Je pourrais être enfermé dans une coquille de noix, et me regarder comme le roi d'un espace infini, si je n'avais pas de mauvais rêves."* – emprunte au vocabulaire copernicien : la coquille de noix représente la sphère fixe des anciens modèles aristotéliciens. Et lorsque Bernardo dit, dans l'acte I : *"C'était justement la nuit dernière, alors que cette étoile, là-bas, qui va du pôle vers l'ouest, avait terminé son cours pour illuminer cette partie du ciel où elle flamboie maintenant"*, l'étoile décrite serait la supernova de Tycho Brahe.

De son côté, un universitaire strasbourgeois a décodé le journal crypté d'un cousin de Brahe qui dormait dans les archives nationales à Stockholm. Pour lui aucun doute : son cousin aurait empoissonné Tycho sur ordre du roi Christian manipulé par son conseiller Jon Jakobsen, un défenseur des théories coperniciennes né sur l'île de Ven. Et Jakobsen aurait fourni la trame d'*Hamlet* à Shakespeare à partir d'une vieille histoire danoise qu'il aurait truffée d'allusions à la politique contemporaine. »

Un cri d'oiseau traverse la nuit. Par la fenêtre les astres scintillent intensément dans l'air vif. Même si certaines étoiles ont dû exploser ou s'éteindre doucement, à l'échelle de quelques siècles le Ciel que je vois est le même qui inspira Brahe et Shakespeare, un Ciel éternel et inchangé.

Je repose un instant ma main sur le drap, songeuse, avant de lire la conclusion de l'article : « On ne saura sans doute jamais démêler l'énigme de l'écriture de cette tragédie, on ne peut raisonnablement convenir que de convergences troublantes avec la vie de Tycho Brahe. Mais pour moi il est évident que *tout* est dans *Hamlet*, depuis ce double qui hante le Prince comme le jumeau de Tycho a pu le hanter, jusqu'au motif de l'empoisonnement final. »

C'est arrivé très souvent. Pierre m'envoyant, au moment le plus imprévisible, un message ou une photographie. Et cette opacité toujours du geste. À chaque fois que j'ai réussi à m'éloigner, depuis notre séparation, il est venu me rechercher. Par tendresse, par amitié, pour mesurer encore son pouvoir ou pour vérifier en y mettant le doigt que la blessure était toujours aussi large.

J'ai tellement été accablée par l'étrangeté de cet homme qui se tenait au bord de l'amour comme un échassier au bord de l'eau, et qui avait choisi de laisser l'équivoque obscurcir notre relation… J'accepte peu à peu, enfin, qu'il n'y ait aucune explication à cet abandon brutal, à la confiance trahie. Pierre me laissera toujours seule avec ces vérités qui se dérobent.

Cette nuit, alors que nous sommes partis depuis dix jours, il m'a écrit simplement : « Où es-tu ? »

En dessous, la photographie d'une rose du Jardin des Plantes. Une rose ancienne, couleur poudre, mes préférées. Son cliché est légèrement flou, comme les cartes colorisées, et dans le velouté de cette fleur approchée au plus près, avec ses perles d'eau roulant sur les pétales, je perçois quelque chose de très sensuel.

Ici aussi il pleut.

Je m'équipe pour sortir malgré tout, Célian préfère continuer d'explorer la bibliothèque du salon. Que les textes soient en suédois ne semble pas le déranger, il passe des heures dans les livres de botanique et les guides ornithologiques, à détailler les planches, à comparer les feuilles, les becs.

Face à la mer, j'ouvre mon manteau et lève le front sous les embruns, je respire l'iode à pleins poumons. Deux grands oiseaux aquatiques dont j'ignore le nom planent dans un ciel lavé. Je songe à Pierre qui à cette heure doit marcher quelque part dans Paris. Et puis le vent chasse l'image de son visage.

Je ne sais toujours pas ce que je suis venue chercher ici. Pour Célian c'est évident, et pour moi ? Si c'est vrai que celui qui souffre est toujours en état d'attente, qu'est-ce que j'espère au juste ? Que la paix de cette île ensevelisse les mensonges et les meurtrissures ?

Je remonte le long de la plage, trempée. Solveig m'accueille avec une serviette, elle me sourit pendant que j'essuie l'eau qui dégouline de mes cheveux. Depuis le hall nous entendons Célian chahuter dans la cuisine avec Loki. Solveig l'a mis à contribution pour découper des fraises, s'il en reste après tout ce qu'il a dû concéder à ce chien irrésistible.

J'accepte une tasse de café au lait, goûte à son gâteau, à peine. C'est ainsi à tous les repas : je le cache en éparpillant ma nourriture dans l'assiette, en m'extasiant sur les plats, mais je me force à manger. À part les fruits, les noisettes, tout m'écœure.

Solveig me dit qu'elle pourrait garder Célian parfois, si je veux me balader un peu seule. Il l'aiderait à réparer les nichoirs et lui donnerait un coup de main à l'atelier puisqu'il aime bricoler.

Dès qu'il s'agit de mon enfant je sens que je me raidis. Aux aguets, et dans une éternelle culpabilité de mère. Je m'apprête à refuser poliment mais quelqu'un toussote : Célian a tout entendu, et paraît enchanté.

*Célian*

Le temps est différent ici, il glisse.

Dans le hall de la pension, il y a une horloge en bois. Je touche le balancier en cachette à chaque fois que je passe devant. Ça me rappelle une histoire de Maman sur une horloge magique qui sonne une treizième heure après minuit…

Je rejoins Solveig dans le jardin. Elle plante des pieds de tomates sous les lilas, j'arrose. Ils sont tous de variétés différentes, un voisin avec qui elle fait des échanges en a réuni deux cents. Je lui raconte que Granny elle aussi s'occupe de plantes rares. Solveig dit qu'elle me donnera des graines à réintroduire dans le Morvan et que la sauvegarde des semences est un combat. Quand nous avons fini elle se relève en essuyant ses mains dans son tablier. Sa taille de géante m'impressionne.

Elle pose un doigt sur sa bouche et me fait signe de ne pas bouger : un écureuil descend tête en bas le tronc du hêtre. Il nous fixe avec ses petits yeux noirs et hop disparaît derrière une branche. Son panache roux a filé comme un éclair. Solveig me montre les faînes qu'il a laissées par terre : « Pour ta collection. »

Un homme très blond discute avec Solveig devant le hangar à bateaux où nous garons nos vélos. Elle me le présente : un cousin venant de Stockholm, qui va résider à la pension quelque temps. Le grand barbu a fait un mouvement de tête poli quand je l'ai salué mais nous a à peine regardés.

Avec Célian nous roulons jusqu'à une plage du bout du monde, si étroite que l'île ici semble se fondre dans la mer. Une chaleur bien plus forte que ce matin nous surprend, l'été est bientôt là. Je mets ma main en visière, des enfants crient en se poussant depuis un ponton. Au bout de l'avancée en bois, une échelle blanche descend dans l'eau glacée. Célian saute dans la mer avec eux, et crie à son tour, et rit, étonné de son courage.

Les enfants nous entraînent, ils veulent nous apprendre comment attraper les crabes qui vivent sur les bancs sablonneux des côtes de Ven. La jetée de Norreborg et les rochers environnants sont parfaits pour la pêche miraculeuse. L'équipement de base : un coquillage attaché à une algue brune qu'on introduit patiemment dans chaque ouverture entre les blocs. Pendant que Célian s'y essaie, je m'assois et contemple les pierres pailletées de micas, autant d'étoiles illuminant le sol de l'île.

Nous rentrons par la rive la plus sauvage. Partout des buissons irréguliers de genévriers sculptés par le vent et de grosses corolles mauves piquées dans les talus : la lavatère, l'emblème de Ven.

Tandis que nous longeons un champ de blé d'un blond laiteux, nous nous arrêtons pour boire à l'ombre d'un pommier. Dans le vaste silence de cette campagne, on n'entend que le craquement des céréales sous l'effet du soleil. Un couple de lièvres pointe leurs nez, le visage de mon fils rayonne. Je souffle sur les graines d'un pissenlit pour qu'elles s'envolent. Les akènes aux aigrettes gris perle, symbole de l'univers en expansion, montent très haut, jusqu'à disparaître dans le ciel. J'ai fait un vœu.

Penché sur son cahier, Célian a fini par prendre un crayon, et par s'assoir à peu près correctement. Il fait des efforts, quelques instants.

Nous sommes sur la terrasse, ce qui s'avère désastreux pour ses devoirs, car tout dans le paysage maritime lointain ou la nature alentour est susceptible de le distraire.

Et voilà, un petit lézard irisé apparaît au bout de la table.

« Regarde ses couleurs incroyables Maman.

– Si tu pouvais exprimer ne serait-ce qu'un peu de cet enthousiasme pour l'Histoire. Concentre-toi… »

La leçon du jour porte sur l'industrialisation, les paysans, l'*Angélus* de Millet. Il a l'air attentif pour une fois.

« Maman ?

– Oui mon chéri ?

– Tu savais que Ven abrite une des plus importantes populations de lézards agiles d'Europe ? »

Mi-agacée mi-attendrie, je soupire. Et à nouveau en m'apercevant qu'il a encore mis son T-shirt à l'envers.

« D'accord, c'est bon pour aujourd'hui, tu peux y aller. »

*

Juste avant notre voyage, le père de Rosalie m'a conseillé l'ouvrage d'un collègue. Un passage de ce livre m'a interpellée : *« Les surdoués sont partout dans la littérature, et de manière récurrente chez des auteurs comme Tchekhov ou Shakespeare : avec leur rapport au monde passionné, douloureux, ce peuple d'écorchés, épris de justice, hante les œuvres, de* Cyrano *à* Hamlet. *»*

Je me dis que Tycho Brahe était sans doute lui aussi un enfant déconcertant. J'ai retrouvé dans un de mes carnets quelques mots de Rilke à Marina Tsvetaïeva : *« As-tu déjà entendu l'histoire du jeune Tycho Brahe ? À une époque où on ne lui avait pas encore permis d'étudier l'astronomie, il connaissait déjà si bien, comme par cœur, le Ciel, qu'un simple regard là-haut lui fit cadeau d'une nouvelle étoile. Sa première découverte dans la nature étoilée... »*, et ces mots « il connaissait si bien, comme par cœur » résonnent singulièrement dans mon esprit aiguisé par les préoccupations autour de Célian.

Devant moi, une villa aux murs délabrés. Sans m'expliquer l'attraction qu'exerce ce lieu, je pousse le portail et pénètre dans un monde abandonné au temps.

Le long de l'allée principale des rosiers alternent avec des buis. Rien n'est plus taillé cependant et les fleurs qui débordent des massifs se perdent dans les herbes montées en graine. En avançant sous les chênes, j'aperçois une cabane au fond du parc. Quatre murs en bois, des fenêtres à petits carreaux, un toit pointu aux tuiles recouvertes de lichens. L'intérieur est nu. J'enlève mes sandales pour sentir la tiédeur des marches et m'assois sur le perron, captivée par cette lumière verte qui transperce les feuilles des arbres et se reflète par intermittence sur ma peau.

Le souvenir d'une autre île surgit. Le seul vrai voyage que nous ayons fait ensemble. Quelques jours à Chora, la cité antique accrochée dans le ciel. Notre amour abrité par une ville blanche. Ta ville Pierre. Tu avais récupéré les clefs de la maison d'un ami, une de ces vieilles maisons étroites à flanc de falaise, la porte à moitié dissimulée sous un énorme bougainvillier. À l'étage, il y avait un matelas à même le plancher, une table et un bureau sur lequel tu avais écrit avec devant toi l'horizon écrasé de soleil. Un matin je t'ai dessiné ainsi, concentré dans le travail. Je revois mes crayons étalés autour de nous, les eaux mêlées des aquarelles. Pour t'embêter je me suis assise sur tes genoux, tu as protesté et ri en m'entourant de tes bras, avant de me basculer par terre. Nous avons fait l'amour dans la clarté de cette pièce, l'odeur des draps en lin mêlée à celle du romarin. À mon réveil ta main abîmée avait écrit sur la surface mate du sol : *« J'ai dormi avec toi près de la mer, dans l'île. / Sauvage et douce tu étais entre le plaisir et le sommeil... »*

J'ai laissé à regret les chênes et les évocations du passé. De retour à la pension pour le déjeuner, je suis entrée par une cuisine en pleine effervescence. Tandis que j'aidais Solveig à dresser le couvert, je lui ai parlé de ma découverte de la matinée. Elle m'a appris que ce domaine en friche appartenait à Björn, son cousin. Il en avait hérité à la mort de son père dans l'hiver, il avait décidé de quitter Stockholm pour retaper la villa et s'y établir. Je ne me lasse pas des intonations de cette langue, et particulièrement pour ce prénom : *Björn*, l'« ours », ça lui va si bien.

*Célian*

J'ai raconté à Maman que Des Esseintes m'avait aidé pour mes devoirs.

Elle m'a dit : « J'espère que tu ne l'as pas appelé comme ça ?

– Pourquoi ?

– C'est un peu gênant… comment l'a-t-il pris ?

– Je crois que ça lui a plu. »

Elle a paru soulagée.

Dans le tiroir de ma table de chevet j'ai rangé une feuille sur laquelle le Professeur a écrit tout à l'heure, juste pour moi, quand je lui ai dit que j'adorais les messages codés :

*T(ych)O B(rah)E OR NOT T(ych)O B(rah)E.*

Célian vient de plonger. Il se déploie comme un nénuphar au contact de l'eau, tout à sa joie, mon petit garçon né des vagues. Seule au bout du ponton, les cheveux encore ruisselants, je m'allonge sur le ventre à même les planches, visage appuyé contre mon bras. Je ferme les yeux, des voix au loin me parviennent, étouffées, tandis que des pensées mélancoliques se forment dans les lueurs dansantes qui traversent mes paupières.

Une silhouette me fait de l'ombre. L'ours.

« Solveig m'a dit que vous aviez envie d'explorer l'île. Voudriez-vous que je vous fasse découvrir un endroit demain ? »

Le grand blond semble un peu gêné lui-même par sa proposition. J'accepte avec plaisir.

En me retournant j'aperçois, derrière les vitres de la véranda, Des Esseintes assis dans un fauteuil en rotin, costume impeccable comme toujours, un livre à la main. Il a dû me voir discuter avec Björn. J'ai remarqué qu'il avait du mal avec la présence du cousin de Solveig, il s'arrange toujours pour ne pas le croiser.

Célian remonte l'échelle à toute allure et s'ébroue au-dessus de moi : « J'étais là et tout à coup *il* est apparu à côté. C'était magique. Tu vois son cou de cygne, il le met sous l'eau, juste le cou, et puis il pique comme une fusée, enfin pas tout à fait aussi vite qu'une fusée, mais sacrément vite quand même et la plupart du temps il attrape le poisson… Solveig, Solveig, j'ai nagé avec un cormoran ! » Il court vers elle, je ris de son excitation. Tournée vers le ciel, je me sens moi aussi une âme d'enfant.

C'est une matinée ensoleillée, pourtant on distingue des nuages menaçants à l'horizon, un orage approche. J'avance dans l'allée, absorbée par les feuilles sous mes pas, écussons jaune pâle sur l'envers, dorés à l'endroit. J'en ramasse une et la mets dans mon carnet, pour la dessiner plus tard.

Björn m'a emmenée visiter une église médiévale bâtie sur les hauteurs de Kyrkbacken, le plus joli port de l'île. De là on peut apercevoir sur le continent la silhouette du château de Kronborg qui contrôle l'entrée de la mer Baltique, et dont les tourelles, les fontaines, les aquamaniles des chambres royales, ont été reconstruits par le même architecte que celui d'Uraniborg, sur les plans de… Tycho Brahe.

Dans cette brume romantique qui va si bien aux châteaux scandinaves, je repense à la théorie du Professeur : « L'action d'*Hamlet* ne se passe pas à Elseneur mais à Ven. La preuve : le spectre apparaît sur le *“terrifiant sommet de cette falaise / qui s’avance au-dessus de la mer”*. Or il n’y a aucune falaise à Elseneur, le site est posé au ras de l’eau. C’est du palais d’Uraniborg qu’Hamlet voit le soleil se lever sur les collines, à Kronborg c’est impossible. »

Le ciel, insensiblement, a encore changé de teinte et sur le cimetière assombri quelques gouttes se font sentir. Je touche la mousse qui recouvre une tombe contre laquelle je me suis appuyée. La mousse a comblé les lettres gravées des noms de cette famille entassée sous la dalle, c’est insolite et beau ces mots recolorés de vert tendre. La mousse associée pour toujours au parfum de Pierre, un parfum aux notes hespéridées d’agrumes, de bergamote et de vétiver. La mousse qui recouvrira tout.

Quand je relève la tête, Björn m’observe du haut du cimetière. À cet instant j’ai l’impression qu’il ne fait qu’un avec les rives découpées en contrebas et la forêt derrière lui. Comme si l’île l’avait façonné, puissant, solitaire, jusqu’à ses yeux transparents.

Les arbres ploient sous une bourrasque venue du large, une pluie fine et dense se met à tomber. Nous courons vers la petite église blanchie à la chaux pour nous mettre à l’abri en attendant que la tempête diminue. C’est dans cet endroit en marge du temps et des hommes, pendant que l’eau ruisselle sur les vitraux piquetés d’or, que nous nous parlons pour la première fois.

*Célian*

Il existe un animal microscopique qui ressemble à un ourson, un animal résistant à tout : au chaud, au froid ; on l'a envoyé dans l'espace, il est revenu vivant. J'ai même entendu à la radio qu'il y en avait sur la Lune. Et dans des milliards d'années quand on aura disparu, les habitants de l'île et de toute la Scanie et de toute la Terre, il sera encore là. En fait c'est lui, le maître de l'univers.

Hier, j'étais à la plage pendant que Solveig mettait des bateaux à l'eau avec Björn. Un des canots s'est détaché à cause d'une grosse vague. J'ai crié pour les avertir. Björn m'a remercié en m'indiquant des nuages en forme de plumes : « On se dépêche parce que l'eau du ciel ne va pas tarder à nous tomber dessus. ». J'ai pensé qu'assis sur le sable, nous sommes déjà dans le Ciel.

L'île. Björn en connaît tous les chemins, tous les secrets. Et sortie après sortie j'apprends à le connaître lui aussi.

Un matin il me fait découvrir un port de la côte orientale où un crevettier vient d'accoster pour décharger sa cargaison.

Assis au soleil sur le quai, un homme très ridé répare les mailles d'un filet. Björn le salue et lui dit quelques mots. L'homme me sourit. Il nous ouvre la porte de son hangar qui contient, au milieu des cannes et des lignes amorcées, un assemblage de tableaux bucoliques. Là, parmi les odeurs acres du varech et du poisson séché, cet homme a peint des dizaines de paysages, toute la flore de l'île. Chaque fois que le village sur pilotis est battu par les embruns, tandis que d'autres vont se réchauffer au bar, lui écrase ses couleurs sur des toiles.

Par le carreau sale nous apercevons les mâts et les agrès des embarcations, je remarque qu'il aurait pu peindre des bateaux. Ses yeux bleus s'illuminent et Björn traduit : il peint ce qui lui a manqué toutes ces années en mer, les végétaux, leurs senteurs entêtantes, leurs tons chauds. Avant de retourner à son travail patient, le vieux pêcheur nous offre une bière à l'effigie de viking que nous buvons en regardant les voiliers à l'ancre se balancer dans le miroir des eaux.

Un autre jour, au lieu de suivre la route de la mer, Björn nous fait prendre un détour par un chemin bordé de pierres sèches qui mène à un village où l'on distille une eau de vie baptisée « Spirit of Ven ».

Nous déambulons parmi les maisons colorées et nous nous installons à une table du café central, face au bâtiment blanc de la distillerie qui réverbère une lumière aveuglante. Björn commande du saumon fraîchement pêché de l'Öresund et deux verres d'aquavit. Alors qu'il allume une cigarette je sens son regard peser sur moi. Lors des précédentes excursions j'ai confié les derniers mois difficiles, Célian, son envie d'être Robinson. Björn me dit qu'il a eu une idée qui devrait lui plaire pour le lendemain. Pendant qu'il parle sa main me frôle, je frémis. Il se reprend : « Tu n'as rien mangé. Mange. »

De cette main part un grand tatouage. Je suis le tracé des fleurs vertes et des entrelacs géométriques qui s'étendent sur tout son bras, troublée par ce corps si proche.

L'idée c'est ça : un bateau prêté par Solveig. Une voile bordeaux, un foc crème et autour de nous cette mer d'un bleu si sombre. L'aventure.

Célian s'installe à la poupe, les yeux rivés sur l'écume fendue en deux par notre passage.

L'île avance. Après la plage bordée d'une frange d'herbes marines, une barrière de falaises surgit, révélant une nature insoupçonnée née des vents et du sel. Un peu plus loin, à la pointe de l'île, la végétation se fait moins dense. Les falaises de calcaire sculptées par les vagues sont nues, nues et roses dans la lumière du matin. Björn me montre Célian, nimbé lui aussi par les rayons rasants : « Il est beau, ton fils. »

Une bande de sternes s'approche de nous en poussant des cris aigus. Et puis c'est l'effervescence : des marsouins accompagnent le voilier qui file maintenant. Célian, venu s'allonger sur la plage avant pour suivre de plus près leur course si joyeuse et si fluide, est émerveillé.

Björn, en bon îlien, sait parfaitement naviguer. Il tient la barre comme il marcherait, vire dans le vent, contourne un promontoire et choque la grand-voile pour s'arrêter dans une crique ensoleillée. Lorsqu'il mouille l'ancre je suis assaillie par les effluves camphrés des genévriers. Avec les remous, l'île paraît tanguer en face de nous. Un banc de poissons passe dans les ombres virides du fond de la mer. Les garçons sortent des cannes à pêche, je les laisse et me penche à l'arrière du bateau pour toucher l'eau, gagnée par la sérénité du lieu. Et j'essaie de refouler cette pensée que le bonheur présent est un moment volé.

Je suis montée coucher Célian avant de rejoindre Björn. Nous avons emprunté une bouteille dans la cuisine, avons ouvert la porte sur le jardin et nous sommes assis sur les marches de l'escalier en pierre. Le jardin plongeait peu à peu dans l'obscurité et l'ombre gagnant les plantes leur donnait un aspect irréel. Björn s'est roulé une cigarette qui s'est consumée avec cette heure bleue si mélancolique où le monde semble se retirer.

Soudain sa voix s'est élevée : « À la mort de mon père j'ai réalisé ce que signifiait devenir orphelin. Je n'avais pas de femme, plus de parents, aucun proche à qui me raccrocher, il y avait des semaines entières où je pouvais n'échanger avec personne en dehors du travail. J'ai cru que je n'aurais plus jamais goût à rien. C'était une erreur. J'ai compris en revenant sur l'île que je tenais à la vie plus que ce que je ne croyais. Et aux gens. »

Les derniers mots ont été prononcés dans un souffle. La nuit s'est tout à fait installée. Je ne vois plus que ses yeux brillants dans le noir.

« Tu as froid ? Rentrons. »

En haut de l'escalier, devant la porte de ma chambre, un léger malaise passe entre nous. Il m'embrasse sur le front et s'éloigne rapidement.

Une après-midi pluvieuse, Des Esseintes raccompagne un mystérieux visiteur à la porte de la pension. En nous rejoignant dans le salon, en veine de confidences, il nous explique que non seulement il mène une enquête autour de Tycho Brahe et d'*Hamlet*, mais que sa venue sur l'île chaque année depuis sa retraite est plus précisément en lien avec des recherches sur la véritable identité de Shakespeare, « la plus grande controverse littéraire de tous les temps ». Mark Twain, Dickens, Emerson, Henry James, Freud, Borges… tous ont été fascinés par cette question. Depuis le XIX$^{e}$ siècle il y aurait eu plus de soixante-dix prétendants, dont le célèbre comte d'Oxford, aucun n'a été retenu. Or lui a sa petite idée, un candidat plus sérieux que les autres.

Solveig, qui traverse à ce moment le salon avec une brassée de lilas blancs, hausse les épaules. « Encore cette vieille histoire, enfin si ça vous amuse… Mais pourquoi ne ferions-nous pas plutôt un spectacle tous ensemble ? »

On se prend vite au jeu, on parle en langage codé, on se déguise sous la direction du Professeur. Loki a du mal à garder ses vêtements et on est obligés de changer son rôle toutes les cinq minutes, au dam de notre metteur en scène improvisé. Célian, évidemment, est Puck, le lutin espiègle qui égare les voyageurs dans la nuit. Il refuse en revanche d'aller chercher la fleur d'amour et tente une distraction : « Bon, c'était qui William Shakespeare ? » Des Esseintes lui ébouriffe les cheveux : « Toi, tu ne perds pas le fil… » Et il change à son tour de sujet : « Vous saviez qu'on a appelé des satellites d'Uranus "Ariel", "Titania", "Obéron" ou "Puck" en hommage aux esprits de l'air et aux personnages féériques de Shakespeare ? »

Il offre de nous montrer des gravures du *Songe d'une nuit d'été* et redescend de sa chambre avec une boîte recouverte d'un tissu japonais.

Alors que Célian fouille dans la boîte, la photographie d'une femme tombe sur la table, une femme blonde au visage étrangement familier. Je le taquine : « C'est Titania ? – Non, mon premier amour. » J'avais cru comprendre qu'il était homosexuel, il lit dans mes pensées et me sourit : « La vie est pleine de surprises, jeune fille… »

Une nuit différente des autres, je suis réveillée par des rires et des voix en provenance de la plage. Sous l'effet de la pleine lune, tous les animaux sont en activité, l'île est transpercée de bruits. Au plafond de ma chambre se dessinent les reflets arachnéens des vagues et je flotte un instant dans cette liquidité mouvante avant que la clarté du dehors ne m'attire irrésistiblement. Envie de sortir, de marcher un peu.

Les fêtards se sont évaporés. J'enterre du bout du pied un mégot jeté négligemment sur le sable et m'assois sur un rocher, la tête posée sur les genoux face à une étendue d'encre lisse et effrayante. Je suis seule au bord de l'île, c'est l'endroit parfait pour laisser s'échapper les derniers ressacs de mon chagrin. L'autre personnage de cette histoire d'amour a disparu, gommé, il n'y a plus personne avec qui partager les souvenirs d'une relation que nous n'étions que deux à connaître.

Je tends la main vers l'eau, la masse sombre se ride comme une peau d'éléphant et brouille mon image. Les moments vécus, ce qui a été, le monde d'hier, tout disparaît. Je ne vois plus rien. J'entre dans une autre nuit.

Les eaux dormantes me ramènent au fantôme de la triste Ophélie, et au fatalisme de Des Esseintes qui prétend que « tous ceux qui ont entrepris de réfléchir sur ce qui s'est déroulé des siècles auparavant à Elseneur ont fini par reprendre eux-mêmes l'enquête ».

En dehors des énigmes inépuisables qui entourent *Hamlet*, je sais ce qui me touche aussi dans l'histoire de ce spectre revenu sur terre pour crier vengeance et supplier qu'on ne l'oublie pas : il hante la pièce comme les passions mortes ou les jumeaux qui nous manquent à jamais. *Ceux qui nous manquent...*

Au fond, ce qui nous a séparé avec Pierre n'est peut-être pas tant le doute ou le manque d'amour que la confrontation, si différente pour chacun de nous deux, à la perte et à la souffrance. Toute cette souffrance qui court encore dans le miroir embué de la nuit, ce passé que nous n'avons jamais dénoué.

De l'autre côté de la plage une silhouette s'approche. Björn.

Sans un mot nous sommes allés jusqu'au ponton et nous sommes accoudés à la rambarde en bois, côte à côte devant l'immensité de la mer, nos pensées dérivant sur la surface de l'eau. Sa manche effleurait mon épaule nue.

Puis il s'est incliné vers moi. Il a posé ses lèvres sur ma nuque. À ce contact j'ai gémi. Il m'a embrassée entre les omoplates, sur l'épaule, a soulevé mon poignet pour le lécher, m'a pressée contre la rambarde en continuant de m'embrasser. J'ai senti son sexe tendu sous ma main et la sienne qui retroussait ma jupe sur mes cuisses, s'introduisait en moi, me découvrait.

Nous avons gagné sa chambre au dernier étage en nous tenant par les doigts. Une fois la porte fermée, il a déboutonné mon chemisier sur le pendentif en améthyste qui descend entre mes seins et écarté le tissu pour caresser mon ventre : « Tu es si mince, jamais on ne pourrait croire que tu as déjà eu un enfant avec ce corps de jeune fille. »

C'est le chant d'un merle qui m'a réveillée à l'aube. Je l'ai regardé dormir, émue par la sérénité de son visage, et je me suis blottie contre son dos constellé de taches de rousseur, mon bras enserrant ce tatouage floral que je voyais pour la première fois entièrement. J'ai attendu une heure correcte pour le couvrir de baisers, il m'a attrapée en riant, il avait encore envie de moi, là, alors que nous avions fait l'amour presque toute la nuit. Dans la clarté nacrée de cette journée d'été, la vie paraissait simple.

*Célian*

J'écoute le silence la nuit quand tout dort, même les embarcations.

La brume m'enveloppe. Je marche sur un sentier invisible en suivant les étoiles qui brillent entre les branches.

Soudain, là, je le vois. L'élan de Tycho Brahe.

Il m'observe lui aussi avec ses yeux dorés.

Un animal sorti d'un rêve.

Que va-t-il me dire ?

Le mouvement d'un oiseau dans un arbre interrompt l'apparition.

Le jour se lève. Au bout du sentier le scintillement de la mer m'éblouit.

J'enterre la magie et retourne dans la pension pour rejoindre mon lit.

Je n'ai pas revu Björn de la journée. Il est absent au dîner, égayé par la présence de deux cyclistes allemands. À la fin du repas, je rejoins Solveig sous la verrière qui reflète la lueur des bougies. L'effet de son regard bienveillant, et de son whisky hors d'âge aussi sans doute, ou juste parce que c'est le bon moment, je me confie à elle.

Cette femme rassurante m'a écoutée relater la rupture douloureuse avec Pierre et mon angoisse de l'avenir en jouant avec le niveau du liquide ambré dans son verre. Elle détache lentement ses mots : « Quand on a vécu une véritable histoire d'amour on en est marqué à vie. Cependant je crois qu'il faut que tu acceptes de couper ces derniers liens d'affection qui traînent après les passions déchirées. Il faut être raisonnable, car une chose est sûre : ni le temps passé, ni les amours ne reviennent. »

Elle parle encore, de la peur, des jours en creux qui accompagnent les chagrins. Tout se confond dans mon esprit fatigué. Un peu plus tard, un soupir m'échappe : « Je déteste souffrir. » Elle rit : « Allons, tu es si jeune. Tu es esquintée mais pas ta nature. Il y a chez toi une sauvageonne – "la fille aux châtaignes de la forêt d'Arden" m'a dit l'autre jour notre cher Professeur. Tu résisteras à tout, même à la mélancolie. Je ne m'inquiète pas pour toi. »

Par le carré noir qui troue le mur, le bruit de la mer m'envahit doucement, je m'endors. Cette nuit les fantômes habituels me laisseront en paix, je ne ferai pas de cauchemar.

À mon réveil, des nuages se bousculent entre les rideaux, la température a chuté. J'ouvre la fenêtre dans la fraîcheur du matin. Et souris en voyant, coincé sur le rebord de bois blanc, un moulin en papier construit par Célian.

Il est déjà debout et s'amuse dans le hall envahi par l'odeur mêlée du pain grillé et du café. Il joue au pied de l'horloge, une enveloppe rebondie à la main. Je lui demande ce qu'elle contient de précieux, il me répond en chuchotant : « Racine de mandragore, feuilles de datura, coraux, météorite, dent de narval. » Décidément le monde de Tycho Brahe est contagieux, ces histoires d'alchimie auront fait rêver des générations d'enfants… Ça me rappelle un élément de l'enquête qui m'avait laissée pensive quand j'avais lu l'article du Professeur : lors de l'exhumation du corps de l'astronome on n'a certes pas décelé de traces de poison, mais dans ses cheveux on a retrouvé des quantités d'or. Ultime mystère chez un homme qui, selon certains contemporains, aurait percé les secrets de la transmutation des métaux.

*Célian*

Maman a donné un portrait de moi à Solveig. Sur son dessin je suis en train de lire. Elle n'a colorié que la chaise en rouge et mes cheveux en jaune.

Elle s'est inquiétée quand j'étais à la maternelle parce que je ne dessinais jamais de bonhommes. Je ne voulais pas faire de fleurs non plus. Un jour j'ai dit que je ne savais pas *laquelle* dessiner et Maman a répondu que j'avais raison de ne pas tracer les ronds entourés de pétales des modèles. Elle trouvait idiot aussi les ciels barrés d'un trait.

Elle m'a acheté un cahier avec des cases de bandes dessinées. Bon je dessine surtout des trucs rigolos, des machines pour nourrir des blaireaux dans leurs terriers ou des monstres qui se font écrabouiller… Depuis que nous sommes sur l'île j'invente des planètes : celle où le monde pousserait à l'envers sous terre, ou la planète des axolotls avec des algues partout. Et celle du Petit Prince, mangée par un poisson géant. Je n'aime pas *Le Petit Prince*. Je n'aime pas que le garçon se fasse mordre à la fin par le serpent.

J'ai proposé à Célian un pique-nique à la belle étoile sur la colline dominant les cabanes du port de Kyrkbacken.

Nous goûtons les myrtilles achetées au bord de la route, j'ouvre une bière et m'adosse à l'église blanche. Depuis cet endroit nous aurons admiré tant de fois ces couchers de soleil interminables et ces ciels d'une si grande pureté. Tycho Brahe a dû lui aussi contempler du haut de cette colline le déplacement des constellations, et peut-être Björn lorsqu'il était adolescent et avant lui sa mère avec Des Esseintes, comme tous les amoureux de l'île venus là aux solstices d'été ou lors des pluies d'étoiles filantes.

Nous attendons que le soleil disparaisse, sans parler, pris par la magie de l'heure. À l'instant où le disque rouge s'enfonce dans la mer, tandis que le ciel se parsème de milliers d'étoiles, il règne sur toute l'île un calme saisissant. Longtemps après, il restera une clarté diffuse dans l'atmosphère au-dessus de l'horizon, *« comme une poudre d'or sur les pas de la nuit »*.

Célian, allongé sur le dos à côté de moi, semble absorbé par la Voie Lactée. J'évoque ces mondes flottants qui gravitent en silence, le mouvement à la fois apparent et inimaginable de cette nuit infinie, son architecture secrète, et ces astres morts dont la brillance nous éblouit encore. Il me répond que ce qui le fascine le plus ce ne sont pas les étoiles scintillantes mais le noir entre les lumières.

Ce matin, Célian, penché sur une branche basse qui surplombe le ruisseau, a déposé des moulins de sa confection au ras de l'eau. Je lui ai raconté que Tycho Brahe avait fait creuser des dizaines d'étangs afin d'alimenter un moulin dédié à la fabrication du papier pour son imprimerie. La roue à aubes de son moulin mesurait quatre mètres de haut. Nous avons levé instinctivement les yeux jusqu'à la cime des aulnes pour tenter d'imaginer ce que ça pouvait représenter.

C'est à ce moment-là que Björn nous a rejoints. Sourire timide. Hésitation. Il m'a enlacée dès que nous avons été cachés de Célian qui courait dans le ruisseau avec Loki. Nous avons éclaté de rire en l'entendant clamer des bouts d'*Hamlet* qu'avait dû lui enseigner Des Esseintes : *« Être ou ne pas être, telle est la question. Y a-t-il plus de noblesse d'âme à subir la fronde et les flèches de la fortune outrageante, ou bien à s'armer contre une mer de douleurs et à l'arrêter par une révolte ? »*

Puis Björn m'a dit ce qu'il avait fait ces derniers jours.

Dans l'hiver, lorsqu'il était revenu dans sa maison natale, il avait été saisi par l'intensité de ses souvenirs : il avait parcouru la planète, accumulé l'expérience d'une vie d'adulte, et pourtant il avait réalisé que tout était exactement là où il l'avait laissé en partant de l'île. Aucun de ces objets, aucun de leurs emplacements ne l'avaient jamais quitté, il se rappelait tout dans les moindres détails. Mais ce sont les odeurs qui l'avaient le plus bouleversé.

Après la nuit que nous avons passée ensemble il a éprouvé le besoin de se retrouver. Il est resté enfermé dans cette maison deux jours et deux nuits. La seconde nuit il a marché jusqu'au bord de l'île. Il s'est déshabillé et s'est jeté à l'eau. Sous le choc du froid, il a dû lutter pour continuer d'avancer. Nager encore, chasser l'onde jusqu'à l'épuisement.

Étendu sur le sable, il a repris son souffle en contemplant le reflet des étoiles, du phare et des cargos dans les vagues. La mer ainsi éclairée l'a fait penser à moi, « si changeante, si secrète, désespérante avec cette façon de ne jamais dire complètement les choses ».

Il a ajouté que la courbe de mes épaules s'était alors matérialisée dans les ténèbres et qu'il avait ressenti très fortement le manque de mon corps.

L'immense hall est rempli d'ombres, j'écoute le balancier de l'horloge avant d'ouvrir la porte sur la nature. Après avoir traversé pieds nus le jardin et la lande humide, je m'assois contre un sorbier en lisière de forêt pour respirer les odeurs de cette terre encore toute parfumée par la nuit et j'attends de me dissoudre en rosée.

Les premiers rayons du soleil atteignent les rochers sur la plage, l'air est parcouru d'une brise légère qui caresse ma peau, les craquements emplissent la forêt derrière moi : la vie de partout s'éveille. Je referme mon carnet de croquis, il est l'heure de rejoindre Célian pour notre petit-déjeuner.

Même s'il occupe sans cesse mon esprit, dans cette île je le laisse vagabonder comme il veut le reste de la journée et s'adonner complètement à l'univers secret de l'enfance. Et il va, il vient dans les environs avec ses jumelles, sans paraître n'avoir aucune notion du temps. Il a enfin un espace à sa mesure. Il peut passer des après-midis entières à explorer un champ de fougères ou à observer sur le rivage le balancement des hirondelles. Il rôde dans les rochers à marée basse, qu'il vente ou qu'il pleuve, à la recherche de plumes d'eiders ou d'œufs de mouettes. Sa chambre regorge de ces curieux ouvrages de la mer échoués sur le rivage : morceaux de bois flottés, cordes de chanvre, coquillages, et toutes sortes de bouts de plastique qu'il assemble dans des jeux sans fin. Je le vois aussi souvent discuter avec les pêcheurs assis le soir au bout du ponton, il doit leur décrire l'activité sous-marine ou la réfraction de la lumière dans l'eau. Plus que par ses connaissances encyclopédiques, je suis fascinée par cette pensée arborescente qui ne cesse de faire des liens entre les choses les plus improbables, et par sa poésie.

Solveig m'a raconté que lorsque Célian a visité son atelier au fond du hangar, il a tout de suite remarqué une gourmette accrochée au-dessus des pots de résine et de mastic. Comme s'il avait une perception aiguë des choses, une attention particulière au monde. Il se trouve que cette gourmette était celle du grand-père de Björn et de Solveig, disparu au large des îles Lofoten dans le même maelström que le Nautilus de *Vingt Mille Lieues sous les mers*.

Pendant une heure, Célian a aidé à poncer la coque d'un canot. Ils ont parlé des différents poissons pêchés par les gens de l'île. Un des pêcheurs a dit à Célian qu'ici ils prenaient garde à ce qu'ils mangeaient et Solveig a confirmé que la mer Baltique, presque fermée, est sensible aux pollutions. Le gouvernement suédois a lancé des alertes sanitaires sur les poissons qui contiennent de fortes concentrations de polluants. « Si on continue ainsi, cette mer sera bientôt un gigantesque cimetière. » En voyant son visage s'assombrir elle a vite cherché un autre sujet pour lui changer les idées.

Quand je suis arrivée, mon fils m'a sauté dessus : « Tu savais que la Baltique est la mer la plus récente de la planète ? Et qu'on appelle l'ambre jaune de ses fonds sableux, "larmes des oiseaux de mer" ? »

Björn m'a demandé de l'accompagner dans la villa de ses parents. Comme la première fois, je ressens un grand bien-être en pénétrant dans l'allée ombragée menant au domaine et la même impression de retrouver un lieu familier, qui m'aurait toujours attendue. Pourtant, j'éprouve aussi une nostalgie diffuse. Cette maison abandonnée va rejoindre le présent, la réalité : Björn a fauché les herbes folles, coupé les rosiers, repeint le portail écaillé et déjà l'enchantement est brisé.

Je pousse la porte d'entrée. La lumière qui filtre à travers les arbres du parc dessine des tâches plus claires sur le sol poussiéreux. Du hall dallé part un escalier en chêne, à droite la salle, à gauche la cuisine. Björn commence par cette pièce, la seule qui paraisse encore habitée. Il vide les placards et pose sur la table deux bols ébréchés, témoins insupportables d'un bonheur perdu, des paquets de sucre et de café, des savons enveloppés de papiers rayés. Il sort une boîte en fer et fixe le paysage dessiné sur le couvercle. Je me détourne pour le laisser à ses souvenirs.

Sur le buffet je redresse une photographie dans un cadre argenté, le portrait d'un enfant que je reconnais facilement et d'une femme en tenue de tennis. J'essaie de cacher mon trouble.

« C'est ta mère avec toi ? Tu lui ressembles.

– Oui tout le monde le dit. Elle est morte il y a quinze ans. Mes parents ne formaient pas un couple fusionnel mais mon père n'a plus été qu'une ombre après sa disparition. Il ne s'est plus occupé de rien, ni de la maison ni de lui. »

Il ouvre la porte-fenêtre de la cuisine et me précède dans le parc. Seule dans la villa déserte, je regarde à nouveau la photographie. C'est bien le même visage, juste un peu plus âgé, que celui de la femme sur le cliché du Professeur.

Je suis montée apporter à Des Esseintes un bouquet d'ombelles et de scabieuses violettes pour égayer sa chambre. En disposant les fleurs dans un vase, je lui dis que je sais, pour la mère de Björn. Le Professeur n'a pas l'air étonné, il me fait signe de m'assoir face à lui, de l'autre côté du bureau. Il me raconte comment il a rencontré Linnea alors qu'il était venu en vacances sur l'île un été, combien ils s'étaient aimés à vingt ans. Et la suite, le délitement de cette histoire : ils avaient repris chacun leur vie, lui avec ses études et sa bande d'amis à Londres, écrivant au début et puis de moins en moins, elle qui avait fini par se fiancer avec le père de Björn. Voilà, ça s'était dénoué sans presque qu'ils s'en rendent compte, l'inconséquence de la jeunesse. Ou peut-être qu'ils avaient toujours su et accepté que cet amour serait éphémère, qu'il appartenait à l'île.

Le Professeur devance ma question : non, il n'a jamais revu Linnea. Il n'est pas retourné à Ven avant d'être en retraite, pour ses recherches sur Tycho Brahe. Et il est fort possible qu'il n'ait entrepris cette enquête sur l'astronome que pour revenir dans leur île. Cinquante ans trop tard. Linnea n'était plus là pour lui ouvrir les bras en murmurant : « Te voilà enfin… » Il dit ça avec détachement mais je sens poindre la tristesse derrière son ironie.

Et ce fut un choc de rencontrer son fils ici : « Il a ses yeux, c'est incroyable. Un reproche permanent, un sale coup du temps qui s'écoule, irrémédiablement.

– Mais Björn n'y est pour rien, il ne mérite pas que vous l'évitiez ainsi.

– Eh bien comme vous le défendez… Vous ne seriez pas tombée amoureuse du beau Viking ?

– Je n'en suis pas là. Je ne me suis pas posé de questions.

– Vous devriez. Parce que les balades en vélo et les couchers de soleil, c'est formidable, mais quand vous vous retrouverez à la morte saison sur une île isolée par les tempêtes, en tête à tête au coin du feu avec cet homme des bois, vous ne vous ennuierez pas ? »

En voyant qu'il m'a blessée, il se radoucit : « Je suis affreusement snob, pardonnez-moi. Et puis de quoi je me mêle, vous êtes une grande fille après tout. »

J'ai de la peine en le laissant. Je l'imagine à nouveau seul dans sa chambre, se levant péniblement pour ouvrir la fenêtre afin de prendre un peu d'air, tout à ce passé que j'ai remué.

*Célian*

L'île autrefois était nue.

Elle était née de l'écume de la mer du Nord. C'était la plus belle île jamais créée.

Dessus il n'y avait que trois êtres : un élan, un oiseau froissé et un garçon très sage (même s'il avait quelques petits problèmes à l'école).

La voûte au-dessus de l'île rouge s'était arrondie pour que les planètes puissent venir tourner autour. Copernic et Ptolémée et tous s'étaient trompés : c'était l'île le centre de l'univers.

Quelques gouttes, est-ce que le déluge va bientôt recouvrir les champs de colza que moi Robinson j'ai mis tant d'années à faire pousser ?

Je m'assois sous l'amandier tout mouillé.

Et je me dis
entre l'herbe et la pluie
il n'y a rien.

Après le départ de Tycho Brahe, le palais fut entièrement rasé par une favorite de Christian IV soucieuse d'effacer sa légende. Uraniborg n'est plus qu'un tas de pierres éparpillées et de frontons muets dans lesquels on chercherait en vain un signe perceptible du génie de Brahe, un indice qu'il nous aurait laissé et qui nous aurait attendu tout ce temps. Pourtant le romantisme de ces ruines continue d'exercer un charme infini.

En 1671, un astronome français envoyé par l'Académie des sciences effectua des fouilles pour retrouver les fondations de l'observatoire. Il mit au jour une partie des remparts de l'époque qui formaient un quadrilatère dont chaque angle correspondait à un point cardinal. On distingue encore la délimitation de la cour interne du château et au bout des remparts ce qui reste des prisons souterraines. Une partie du parc a été reconstituée, avec ses labyrinthes de buis où Célian joue à cache-cache, ses massifs en forme d'étoiles, son carré de simples d'où montent des odeurs de thym citron, d'anis et de menthe.

La jeune sœur de Tycho était horticultrice. Au fond de son jardin, le plus réputé de Scandinavie, Sophie avait installé un laboratoire de chimie où elle élaborait elle aussi des remèdes. Je me suis toujours dit que la mutilation de son frère était peut-être à l'origine de cette vocation pour les plantes médicinales et pour l'alchimie, dans une tentative désespérée d'infléchir le cours des choses, de les réparer. Elle vint souvent voir Tycho exilé sur son île loin de la fureur des hommes, l'aidant à acclimater des arbres pour estomper la boue des prés, l'assistant dans ses observations astronomiques.

À la fin de son existence, j'ai lu qu'elle s'était établie à Kronborg, le château redessiné par son frère – que tout dans cette histoire nous ramène toujours à *Hamlet* ne m'étonne plus, à force… Et là, de nouveau, Sophie s'est consacrée à la botanique. Cette sœur si douée, si dévouée, devait déambuler dans les pelouses de la fortification posée sur l'eau, face à l'île de Ven où Uraniborg avait été démantelée pierre par pierre, avec un pincement au cœur : Tycho, Galilée, Kepler, tous ceux qui avaient mesuré les cieux désormais ne mesuraient plus que des ombres…

Je songe à cette étrange destinée, le goût amer d'une feuille de verveine sur les lèvres.

« J'admire Sophie Brahe, son engagement envers les malades, sa connaissance exceptionnelle des propriétés des végétaux. J'admire beaucoup moins son frère, quoiqu'en dise le Professeur… »

Avec Solveig nous avons tiré deux chaises longues sur le ponton tandis que Célian prenait une leçon de pêche auprès de ses nouveaux amis. C'est là, une tasse de café entre les mains et Loki couché à ses pieds, que Solveig m'explique ses réticences dès qu'on évoque l'incontournable héros local : elle a toujours entendu son grand-père dire que Tycho Brahe, dans son royaume indépendant de l'Histoire, s'était comporté en despote avec ses vassaux. Cela fait écho à d'autres choses que j'avais déjà lues lors de notre visite au musée sur le rôle des prisons souterraines et les difficultés rencontrées lors de l'édification du château. Si pour les sciences modernes la construction d'Uraniborg a été d'une importance capitale, pour les paysans et les pêcheurs de Ven l'arrivée de l'astronome a signifié le début de vingt années de bagne.

Solveig a parlé sans acrimonie, résignée devant les rapports de forces injustes régissant la société. Son regard court sur la ligne d'un bleu plus foncé qui sépare la mer du ciel et s'élonge progressivement. Elle et Björn, comme tous les gens nés sur cette île, ont le regard constamment tourné vers l'horizon.

« Je crois qu'il faut que nous ayons une discussion toi et moi. C'est quoi cette histoire de pratiques tyranniques ? »

Je fixe l'imposante moustache de Tycho Brahe, figée pour l'éternité dans la pierre grise du monument érigé en son honneur face au musée. Pas l'ébauche d'un regret dans la fière posture du souverain de la Renaissance, ni pour les pauvres paysans exploités qui devaient faire de cette île sablonneuse un paradis, ni pour les prisonniers enfermés sous son palais de contes de fées. Avant de venir sur Ven, je ne connaissais que la légende d'un colosse hors du commun, créant un centre d'études révolutionnaire dans sa nouvelle Atlantide, personnage romanesque, visionnaire, fantasque. Depuis, l'homme, mégalomane et brutal, me plaît un peu moins. Comme la Lune, son histoire comportait une face cachée…

Je reprends mon vélo appuyé à l'entrée du jardin botanique contre une des étoiles de buis, en songeant que le déroulement de notre séjour dans l'île est plein de surprises. Enfant, j'avais imaginé la forteresse d'Uraniborg comme un refuge. Je connais maintenant sa part de poésie et d'irréalité. Quelles qu'aient été la complexité de Brahe et les brumes recouvrant son halo glorieux, il restera cet homme qui un jour a demandé une île en cadeau pour mener la vie qu'il voulait. Et entre la mer, la forêt et ce ciel étoilé qu'il était venu contempler nuit après nuit, c'est l'inverse du repli que nous avons trouvé ici avec Célian. Je pédale avec fièvre, poussée par le vent sur la pente du chemin côtier, grisée par la vitesse et l'air marin. Je comprends enfin cette notion enseignée dans un cours de philosophie : l'aventure, plus qu'une interruption du cours des événements ou un voyage vers un ailleurs inconnu et exaltant, est surtout une disposition à être dans le temps.

Cette fois-ci le doigt de Célian s'est arrêté sur un des cinq phares jalonnant notre carte de l'île. Depuis ce vestige dominant le détroit de l'Öresund, ce témoin de tant de naufrages, on doit voir passer des centaines de bateaux chaque jour.

Le lendemain, assise sur le seuil du phare, je suis prise d'un vertige en pensant que nous nous trouvons à un point de l'île au-delà duquel plus rien n'existe, que le vide, l'eau abyssale, des tonnes et des tonnes d'eau. Sur la côte nord de Ven les lames s'enfoncent dans des cavernes creusées au pied des falaises. Le ballet inlassable des vagues contre les roches forme une multitude de bulles d'air réfléchissant la lumière, l'écume blanchit la mer tout autour de nous.

Je me tourne vers l'horizon intérieur. De ces hautes falaises on a une vue inégalée sur les pâturages et les champs qui ondoient légèrement. Je suis des yeux la forme d'un vallon, pénétrée par la plénitude de l'instant. Célian se repose dans l'herbe en contrebas. Nous sommes seuls au monde, entourés d'un calme absolu en dehors du fracas monotone des vagues. Si loin de Paris et de nos soucis.

Nous n'avons pas échappé à une averse en fin de journée. Mais Célian est comme moi, rien ne le gêne, ni le vent qui s'est levé ni l'humidité enveloppante. Il aime lui aussi ces ciels un peu maussades, la douceur des paysages estompés après la pluie.

Des Esseintes se prépare toutes les nuits une dînette sur les cinq heures du matin, juste avant de s'endormir, à l'heure où je m'éveille – il m'a dit : « Vous et moi, nous nous partageons la nuit. » Et vers midi, quand le soleil se fixe au plus haut dans le ciel, il prend son petit-déjeuner, invariablement des œufs à la coque et du thé. En général c'est le moment où Célian travaille sur la table de la cuisine, et c'est un prétexte tout trouvé pour interrompre sa séance de torture.

Les discussions entre eux sont un bonheur. Parfois je pouffe en les entendant, d'autres fois ça me laisse rêveuse, comme cette fois où mon fils a dit au Professeur combien l'école l'ennuyait et que celui-ci, après une pause, lui a répondu qu'il devait se réapproprier aussi ces heures-là, « parce que vois-tu mon garçon, le temps te paraît parfois long mais à moi qui suis âgé, la vie paraît très courte »… Je me demande quels souvenirs Célian gardera de ces conversations, elles l'aident à grandir autant que l'air et le soleil de cette île.

Aujourd'hui, alors que je lui dictais des verbes à conjuguer et que Des Esseintes lui filait discrètement des mouillettes, Björn est entré à son tour dans la cuisine. Des Esseintes m'a fait un clin d'œil puis il lui a proposé une balade sur la plage.

Plus tard, le Professeur a déclaré avoir dit « au Viking » qu'il avait intérêt à prendre soin de moi. Et qu'il était content pour nous. Il devenait sentimental en vieillissant… Il m'a confié qu'il perdait un peu la mémoire aussi. Bon sang avant qu'il n'oublie encore il devait m'apprendre deux choses qui allaient m'amuser.

La première, c'est que Ven s'appelait « Venusia » à l'origine. Tout un programme.

La deuxième, c'est que Lord Tennyson a toujours prétendu que son poème *Mary* avait été écrit comme *« a little* Hamlet *»*.

Les travaux dans la villa ont commencé, le toit, l'électricité, la peinture des lames en bois recouvrant les murs. La nouvelle couleur, ce bleu gris des ciels d'hiver, opère : la maison revit. Björn m'avoue cependant qu'il va avoir du mal à refaire l'intérieur, et surtout les chambres des étages dont les murs lui renvoient tant d'images heureuses. La sienne, qui occupe tout le grenier, est recouverte d'un papier peint aux motifs orange. J'effleure une affiche de Jeff Buckley, des gravures d'Uraniborg. Sur une étagère où sont réunis quelques livres je désigne un album d'astronomie, celui déniché par Célian chez ma mère, dans sa version anglaise. Je lui dis que ce livre représente toute mon enfance à moi aussi.

« C'est pour ça que tu es venue ici ? Pour retrouver ou pour te délester d'une partie de cette enfance ? »

Je ne réponds pas et il n'insiste pas mais il a deviné beaucoup de choses. Une même mélancolie nous étreint.

Il fume à demi couché sur un canapé en velours poussé sous la fenêtre, le regard dans le lointain. Je m'avance pour briser nos solitudes, il m'attire à lui, appuie sa tête contre mon ventre. Je caresse ses cheveux, troublée par cet abandon, j'ai même cru un instant qu'il pleurait. Il passe ses mains sous ma robe et suit le contour de mes seins du bout des doigts. Enlace ma taille, fait glisser ma culotte et met sa tête sous le tissu de la robe. Je mords mon poing.

Pendant que nous faisions l'amour, une ondée a traversé l'île. En sortant de la maison je l'entraîne dans le parc. Je me laisse tomber dans l'herbe et respire le parfum d'humus de la terre fraîche : « Viens… »

Un matin, alors que je descends me préparer un café, je surprends dans la clarté froide du hall Des Esseintes et Solveig. Il lui tient la main, elle est en pleurs.

Je bredouille une excuse, gênée d'avoir été témoin de cette scène intime. C'est lui qui se reprend le premier : « Allez Solveig, je suis désolé de t'avoir embêtée avec ça, sèche ces larmes, sinon Mary va croire que je t'ai battue. »

Il m'invite à l'accompagner dans la véranda. Cette fois-ci je ne lui demande rien. Lui n'a jamais refait aucune allusion à ma vie amoureuse, je sais seulement par Björn que lorsqu'ils se sont enfin parlé de leurs fantômes, Des Esseintes a été très touchant.

À la place s'engage une discussion sur le temps. Que peut-on sauver de ce qui a été ? Doit-on le souhaiter ? Et à l'inverse comment parvenir à oublier ? J'ai parfois l'impression de ne pas avancer… « En deux mois vous avez effectué sans vous en rendre compte un immense chemin… Quant au leurre de la mémoire, on n'a rien écrit de plus juste sur la fin du chagrin que Proust : *"pour atteindre à l'indifférence"*, il faut *"traverser en sens inverse tous les sentiments"* par lesquels l'amour a passé. Mais le progrès de l'oubli est irrégulier. »

Un ange passe. Nous contemplons la mer par la baie vitrée. Les reflets des vagues forment des paysages mouvants, les voiles blanches s'éloignent et se rapprochent sur les vibrations lumineuses de l'horizon. Calée là, dans un de ces fauteuils en rotin qui seront toujours associés désormais au plus *frenchy* des universitaires anglais, je me sens bien, apaisée. Ce serait le moment idéal pour l'apparition d'une sirène portée sur le dos d'un dauphin…

« Si je vous torture, vous me direz le nom de cet homme qui aurait été Shakespeare ? » Des Esseintes acquiesce. Alors qu'on entend Solveig chantonner à nouveau depuis la cuisine, il me révèle qu'après toutes ces années de quête, il adhère de plus en plus à une thèse qui devrait me plaire, car même si pour les Stratfordiens elle n'est qu'une énième hérésie, une pierre de plus au complotisme ambiant – et pour tout Britannique qui se respecte au minimum une faute de goût –, elle se base sur l'astronomie. On a en effet découvert récemment des mots clefs cachés dans la tragédie *Troïlus et*

*Cressida* où le soleil est décrit par l'expression « *Planet sol* ». Soit « le soleil est une planète, qui tournerait autour de la Terre » : Shakespeare connaissait donc le modèle de l'univers établi par Tycho Brahe… On a dit que son théâtre cosmique avait été nourri par ses discussions avec l'astronome Thomas Digges mais pour Des Esseintes une culture si pointue s'éclaire si l'on envisage l'hypothèse selon laquelle Shakespeare serait un certain John Florio, un lexicographe chez qui on trouve bien des convergences avec l'œuvre de Shakespeare : l'italianisme, le thème de l'exil et surtout une passion pour le ciel étoilé. Dans le dictionnaire monumental établi par John Florio, l'entrée « Soleil » affiche cette même expression remarquable de « *planet sol* ». Florio était en outre un humaniste, admirateur de Giordano Bruno et traducteur de Montaigne dont on sait l'influence sur les pièces tardives du Barde, un aventurier aussi. Et c'est là l'aboutissement des recherches de Des Esseintes : il aurait séjourné à Uraniborg.

Le Professeur semble soudain épuisé. Je hoche la tête et lui souris. John Florio, donc.

*Célian*

Björn et Solveig nous entraînent dans la forêt. Ils ont quelque chose à nous montrer : ce sont des fleurs roses, de minuscules clochettes, qui ont éclos pendant la journée.

Solveig nous dit qu'après le solstice d'été, tandis que Granny ramasse l'herbe de la Saint-Jean dans le Morvan, les mousses des bois partout dans l'île, et seulement pour quelques jours, deviennent toutes roses. Björn ajoute que cette fleur a toujours été sa préférée parce qu'elle s'appelle comme sa mère, ou plutôt l'inverse : *linnée boréale*.

Je m'assois pour regarder l'explosion des clochettes dans le sous-bois. Maman dit qu'elle va aller chercher ses aquarelles pour la dessiner, cette petite linnea.

Solveig nous a indiqué sur une plage de la côte ouest des rochers marqués de gravures préhistoriques. Certains îliens prétendent qu'elles s'illuminent à la lueur cendrée de la lune et qu'elles représentent d'anciennes divinités. En réalité les archéologues ne savent pas grand-chose de la main invisible qui a dessiné ces sortes de runes ni des figures célestes « piquées aux plafonds ténébreux du monde » que cette main a reproduites. L'étrange lieu où l'humanité s'est racontée de quelques traits dans la pierre garde tout son mystère.

Nous y voilà. Une mince langue de sable longeant des pâturages, et ces rochers couchés face à la mer. Je m'approche et pose la main à plat sur la dalle polie par les glaciers. Encore plus près. Ma bouche contre la pierre. Célian grimace et me demande quel goût ça a. Algue et sel, pas très surprenant. Il rit. Au dos d'un rocher il tombe sur un signe en forme de soleil, et un autre, là. On dirait un cheval, ou peut-être une constellation ? Les Gémeaux ?

Pendant notre pique-nique la conversation dévie sur le système solaire. C'est tout de même un sacré hasard que Tycho Brahe ait baptisé son rêve « Uraniborg » alors que la prochaine planète qui serait découverte deux siècles plus tard, précisément dans cette constellation des Gémeaux qui le reliait symboliquement à son frère, serait appelée « Uranus »… Célian trouve encore plus incroyable qu'on ait nommé les satellites de la planète gazeuse d'après les personnages de Shakespeare : « Uraniborg – Tycho Brahe – *Hamlet* – Uranus – le nom de ses satellites… c'est drôle, c'est comme une boucle. » Il a dit ça très simplement, avant de reprendre sa déambulation dans les rochers.

Le soir, en regardant la fenêtre allumée du Professeur depuis la terrasse, je repense à ce lien constant entre le ciel, l'île et Shakespeare. Je me demande si Uranus, géante céruléenne longtemps passée pour une étoile au pâle éclat, figurait dans le catalogue de Brahe. Je me demande aussi pourquoi ni le Professeur ni moi n'avons jamais songé à toutes ces coïncidences. Mais pour énoncer le plus évident, il fallait peut-être l'esprit d'un enfant.

« Surtout, une fois arrivés, tu ne parles pas hein ? »

Je plaisante devant tant de sérieux et Célian me foudroie du regard : « Maman ! » Pardon, je ne ferai plus aucun bruit, promis.

Depuis que nous sommes sur l'île je découvre la patience de mon fils, capable de rester des heures appuyé sur les coudes pour tenir ses jumelles, et tout ça parce qu'il espère l'apparition d'un animal dont rien ne garantit la venue. Cela fait plusieurs jours qu'il a ainsi repéré le manège d'un oiseau inconnu, volant des brindilles dans un champ voisin. Cette fois-ci il voudrait le prendre en photo pour l'identifier, si nous avons la chance de le voir réapparaître. Quand nous nous arrêtons, il murmure : « Des tas d'animaux nous regardent en ce moment-même. »

Peu d'adultes connaissent encore au contact de la nature ces émerveillements de l'enfance :

les poètes, les peintres, les botanistes et les photographes animaliers du panthéon singulier de Célian… Je me mets à plat ventre dans les céréales pour apprendre de mon grand garçon les secrets de l'organisation du vivant et retrouver grâce à lui cette connexion essentielle avec le monde que je n'aurais jamais dû perdre. Je me mets à plat ventre pour attendre la rencontre avec l'oiseau.

*

*Voir l'invisible*… J'ai passé des années à rêver à la destinée dramatique de Tycho Brahe, des journées entières à pédaler à la recherche de ces trésors et de ces débris que laissent derrière eux les hommes, de sorte que son nom sera toujours lié à l'esprit des lieux, aux forêts s'étendant à perte de vue dans la lumière de Ven, et à cet été en compagnie de Célian. Mais c'est en le regardant à l'affût, lisant l'immobilité apparente du paysage comme je serais incapable de le faire, que j'ai enfin saisi ce qui m'avait fascinée dans l'histoire de Tycho Brahe, plus encore que l'incroyable château, le nez en or ou ses découvertes scientifiques : il a su voir dans le Ciel ce que personne n'avait vu.

Et je l'imagine à nouveau ce grand Danois de trente ans réfugié en haut d'une tour, une chevêchette sur l'épaule, observant une étoile bleutée que nul n'avait jamais remarquée, calculant son emplacement exact avant de l'inscrire sur le globe céleste auquel il dédierait sa vie. Avec son visage défiguré et cette brèche en lui tout aussi béante, mieux que personne il savait que *« ce sont les étoiles, les étoiles tout là-haut qui gouvernent notre existence »*.

Björn m'a raconté que les meilleurs souvenirs avec son grand-père étaient ces soirs où il l'emmenait pêcher « à la lumière ». Désormais les canots des îliens ne prennent plus la mer lors des nuits obscures et les flammes des lanternes n'attirent plus les poissons dans les filets. Désormais les amoureux sont seuls sur l'eau.

Nous avons attendu une nuit propice. Björn longe la racine des arbres qui se transforment dans le crépuscule en figures surnaturelles. La lampe à l'avant de notre barque éclaire une nappe de brume recouvrant la mer. La nuit sent bon, Björn rame silencieusement. Les premières étoiles apparaissent à travers les branches des saules frissonnants inclinés au-dessus de l'onde, l'unique lueur que nous apercevons sur la côte provient de la chambre du Professeur. Nous nous enfonçons vers la pleine mer, vers le vide.

Pour affronter la fraîcheur de l'air, Björn m'a prêté un gros pull marin dans lequel je me blottis. Une fois au large il lâche les rames et fait ce geste aimé d'abriter son briquet dans le creux des mains. Sa cigarette allumée, il se cale contre le fond de la barque ; je pose ma tête sur ses genoux, le visage tourné vers un ciel qui jamais ne m'a paru si vaste, et je regarde monter les volutes de fumée dans la nuit. Il me caresse la joue, passe une main sous le pull marin. L'obscurité nous emporte.

*Célian*

J'essaie d'attraper le reflet de la lune sur l'eau avec une canne à pêche.

Dans le Système solaire on a trouvé 173 lunes. La Voie Lactée contient plus de deux cents milliards d'étoiles. Si on multiplie ça fait beaucoup de lunes…

Le premier catalogue d'étoiles a servi aux marins pendant des siècles. Tycho Brahe, lui, en a observé et classé mille, c'était ça son trésor. Un catalogue récent s'appelle « Tycho ». Un cratère lunaire aussi, m'a dit Björn.

J'aime bien que son nom soit écrit sur la Lune à côté de la Mer de la Tranquillité et de l'Océan des Tempêtes.

Je me demande s'il y a celui de Cyrano.

Une libellule s'est posée sur ma canne. On dirait une fleur. D'autres volent au-dessus des roseaux. Elles sont sorties de l'eau à la tombée de la nuit. Les astronomes pourraient donner des noms d'animaux aux nouveaux satellites. Ça sonnerait bien, la « lune de la Libellule ».

Ça devait finir par arriver et c'est maintenant : nous parcourons une dernière fois la « perle de l'Öresund » avec Célian. Le long du sentier qui suit la côte entre une mer d'azur et les maisons sur pilotis en bois rouge, nous croisons de nombreux cyclistes venus comme nous découvrir cet autre Eden, ce demi-paradis bâti par la Nature pour elle-même.

Vue du ciel l'île a une forme de cœur, quadrillé par les champs de colza et les forêts, ourlé d'un galon d'écume. De l'époque où c'était juste une terre écarlate, une terre marécageuse sur laquelle seuls quelques coudriers survivaient au nord, il ne reste que de grandes prêles sur le flanc des fossés. Lors d'une pause, je casse une tige segmentée pour Célian, sans lui dire ce à quoi je pense : si Tycho Brahe avait été à l'agonie sur son île plutôt que dans un château pragois, cette plante aux diverses propriétés médicinales, notamment pour le système urinaire, aurait peut-être pu le sauver.

La richesse de la flore et de la faune dans cette réserve protégée suscite par contraste une tristesse amère. Célian rappelle la disparition annoncée des martres, des alouettes, des abeilles, tous ces animaux dont on n'aura bientôt plus que des souvenirs. On ne voit déjà plus les lucioles et les hannetons de ton enfance, quelle planète allons-nous laisser me demande-t-il… À chaque fois que Célian parle ainsi de l'effondrement du monde, avec cette lucidité, je me sens démunie : comment protéger cet enfant si fervent, si sensible… Mais dans un talus je lui montre des coquelicots, vieille image profane de l'été devenue le signe d'un lieu préservé. Et puis soudain nous nous trouvons devant un spectacle féérique : une multitude de papillons recouvre un champ de lin, comme des flocons de neige posés délicatement sur les pétales bleu pâle des fleurs, un ciel d'hiver inversé. Célian me sourit, nous partageons une même émotion dans cet instant suspendu.

Un peu plus loin, alors que nous sommes arrêtés par un troupeau de moutons, je lui suggère de laisser nos vélos au bord du pré pour dévaler la pente en courant. Allongés parmi les liserons et le trèfle, rien n'existe plus que le chant du vent dans les arbres.

Toute la Scanie a basculé dans une chaleur intense depuis quelques jours. Pour notre dîner d'adieu Solveig a organisé un repas un peu particulier : une table et des chaises ont été transportées à la lisière des vagues. Célian, mis dans la confidence, a décoré la grande nappe en lin écru avec des bougies et des galets. Il en a posé un sur mon assiette, gardé pour moi, « le plus joli », parfaitement lisse et rose, strié de rayures de calcite régulières. Je m'assois et contemple amusée les algues qui se déplient et se referment contre mes mollets. Les verres se remplissent, les conversations se croisent, je serre le galet contre ma paume.

La nuit nous rattrape et nous nous installons sur la terrasse dans le parfum du chèvrefeuille et des lilas. Ven, coupée de la pollution nocturne du continent, offre un ciel d'un noir fantastique jusqu'à ce que la lune se lève. Björn a rapporté de son grenier une lunette astronomique pour montrer à Célian les anneaux de Saturne. Il nous indique la Couronne boréale, Véga et la rouge Arcturus, le Cygne déployant ses ailes à travers la Voie Lactée… Solveig plaisante : « Vous connaissez tous tant de choses. J'ai parfois l'impression d'avoir eu une existence étriquée moi qui n'ai pas fait d'études, qui n'ai jamais vécu hors de mon île. » Des Esseintes lui répond gravement : « Je crois au contraire que beaucoup envieraient le bonheur que tu construis chaque jour, au rythme de cette nature entourée par la mer… »

On entend alors la voix de Célian : « Moi en tout cas je me sens heureux ici. » On le regarde, surpris. Et c'est vrai qu'il a l'air heureux, ses éternelles jumelles autour du cou, tout bronzé, tout sourire.

Je couche mon naturaliste en herbe dans ce lit bateau façonné par le grand-père de Solveig et Björn. La table à côté du lit est envahie par toutes sortes de graminées, de lichens, et de morceaux de verre poli alignés soigneusement selon leurs couleurs.

« Tu n'es pas trop triste de partir ?

– Non, c'était bien. Je suis content qu'on ait fait ce voyage, Maman.

– Moi aussi, mon chéri.

– Tu me lis une page de ton livre à toi ce soir ? »

J'ouvre le recueil et le feuillette. Je sais ce que je vais choisir.

*« J'imagine un tigre »* a écrit Borges, et dans la pièce aux murs céladon qui se transforme le temps d'un poème en jungle mystérieuse, l'ombre du fauve semble s'étirer sur les meubles.

*« Je te suis et te rêve*
*Tigre des rives du Gange... »*

Célian, épuisé par sa journée, s'est endormi pendant que je lisais. J'effleure la joue tellement douce de mon enfant en lui murmurant la fin du poème à l'oreille :

*« Et je continue*
*À chercher tout le temps que dure le soir*
*L'autre tigre, celui qui n'est pas dans le poème. »*

Je vais m'en aller avant que notre histoire avec Björn ne commence véritablement. Nous avons échangé nos numéros de téléphone sans nous faire de promesses, les promesses ne servent à rien. Mais nous avons encore toute une nuit devant nous.

Il n'y a pas un souffle de vent sur la plage éclairée par la lune. Tandis que ses rayons argentés se brisent dans la mer, la beauté de cette île m'est révélée comme jamais.

Björn m'attire contre lui. Ses doigts descendent vers l'échancrure de ma robe en dentelle blanche. Tout à l'heure, tandis que je riais, les pieds dans l'eau, il m'a dit que j'étais infiniment désirable.

Je m'écarte un peu. Ôte ma culotte sans le quitter des yeux, et lui tourne le dos pour, lentement, laisser tomber ma robe à mes pieds.

Il étend sa veste sur le sable et me recouvre de son grand corps. Lorsque je viens à mon tour sur lui, je ne vois plus que les ombres bleutées sur sa peau et la voûte céleste tout autour de nous.

# Un dernier rivage

Nous avons pris le large. À l'autre bout du bastingage la silhouette de Célian se découpe dans un ciel au bleu de gentiane. J'imagine toutes les pensées qui doivent gonfler son cœur. Il me paraît tellement changé, mon petit tigre.

Sur le quai, Björn a promis de lui apprendre à naviguer un jour, avant de me jeter un coup d'œil, se rendant compte qu'il s'avançait un peu trop sur cet avenir incertain. Je lui ai souri. Puis nous sommes partis. Ce fut aussi simple que ça. Comment dire autrement adieu à cette île, à ses occupants, et à cet homme que je ne connaissais pas deux mois plus tôt.

J'avais eu du mal à anticiper ce retour à notre réalité, au quotidien. Mais Célian est impatient de retrouver la France, sa famille, ses amis. Et moi, consolée de l'errance intérieure qui me rongeait, je me sens prête. Ce voyage laissera bien plus que des grains de sable et des fleurs séchées entre les pages de mes carnets. J'ai parcouru le cycle entier du chagrin, la souffrance s'est dissoute dans la pureté des paysages de Ven.

Jusqu'au bout j'ai espéré le voir apparaître, d'un pas nonchalant, fumant un de ses éternels cigarillos. Mais Des Esseintes n'est pas venu nous dire au-revoir avec les autres, il est resté dans sa chambre. Il a juste laissé une lettre, à ouvrir seulement en mer. Solveig m'a dit, au moment où j'allais embarquer : « Il est trop faible ce matin. Parfois il ne parvient pas à le cacher. Il ne voulait sans doute pas que Célian et toi gardiez cette image de lui. » J'ai posé ma valise et lui ai touché le bras. Elle a acquiescé, les larmes aux yeux, et m'a serrée très fort contre elle.

Je m'isole sur le pont du ferry pour lire le message. Qui n'est qu'une citation, comme à son habitude : « Les personnes libres trouvent ce à quoi elles aspirent – c'est leur privilège. »

À la fin de l'été, j'ai rejoint Célian chez ma mère. En bas de son jardin, un carré de plantes aromatiques a été délimité près de la rivière ; de là on entend les cloches des troupeaux, celle de l'église, le chant de l'eau vive. Je me suis installée sur une couverture dans l'ombre des sauges, frôlée par la fraîcheur délicieuse de l'air, les pieds au soleil. À côté de moi, une grande herbe entre le pouce et l'index, Célian essayait de déloger un grillon de son trou. Je ne me lasse pas de contempler cet enfant blond qui est le mien, abandonné à la nature, si gracieux.

Quand nous sommes rentrés, en le voyant gambader dans l'allée devant moi, je me suis revue à son âge, sortant de la forêt après avoir passé des heures dans la solitude des arbres, remontant cette même allée avec du houx, des brassées de coucous… Les souvenirs éclataient comme des bulles à chacun de mes pas, j'avais besoin que mon corps se libère aussi. J'ai préparé un peu de matériel, une corde, quelques spits. Le lendemain, à l'aurore, je partirais dans la montagne.

Finalement j'ai escaladé la paroi sans l'équiper. Retrouvant les enchaînements, l'équilibre et la tonicité nécessaires avec facilité. La roche déchirait le bout de mes doigts, mon cœur battait à se rompre tandis que je me dépliais vers les hauteurs en m'affranchissant de la pesanteur et de l'ordre du temps. Je me suis tenue debout tout au bord de la falaise, face au vide, puis j'ai ôté mon baudrier et continué jusqu'à un abri sous roche caché par des hêtres. Mon abri. Autour, des myrtilliers, des fougères, un tapis de mousse. Je me suis allongée par terre et j'ai fermé les yeux en étendant les bras pour toucher les hautes herbes. C'est là que j'avais fait l'amour avec Pierre. J'avais voulu lui montrer cet endroit où je venais me réfugier enfant. Je n'avais rien oublié de nos caresses et il me semblait que les herbes non plus qui dans leur courbure gardaient encore la marque de nos corps. J'ai réuni un bouquet de bruyère, l'ai glissé dans une fente de la pierre à l'entrée de l'abri et suis restée un instant immobile au pied de l'autel improvisé.

Avant de descendre, j'ai contemplé la vallée et respiré à pleins poumons cette nature sauvage, intacte. En présentant mon visage au ciel incendié, j'ai senti que j'étais enfin prête à rejoindre ce rivage où l'on guérit du mal d'aimer.

*Célian*

Elle est belle ma mère quand elle sourit.

Elle a été très malheureuse cet hiver. Je l'entendais pleurer la nuit. Mais maintenant elle sourit.

Tout à l'heure elle a reçu un message de Björn, il vient d'acheter un voilier.

Demain c'est la rentrée des classes. Je vais découvrir le collège.

Dans ma trousse j'ai mis une gomme neuve. Et j'ai promis à Maman de ne pas trop la martyriser.

Le soir, si je ferme les yeux ce n'est plus le néant comme avant. Je vois l'île et la mer avec dans les vagues tous ces soleils éclaboussés.

Et puis il y a ce chaton roux donné par Granny. Il dort avec moi. On l'a appelé « Puck ».

J'ai trouvé dans la poche de mon imperméable un mot caché par Des Esseintes. Il a aussi écrit à Maman avant que nous partions, c'est elle qui me l'a dit. Et qu'il était très malade. Ça je le savais déjà, j'avais deviné.

L'encre sur le papier est un peu effacée, comme si ça avait été tracé il y a très longtemps, par un autre garçon peut-être. Qui serait devenu un spécialiste de Shakespeare… Mais c'est la voix de Maman que j'imagine en lisant :

*« Nous sommes de l'étoffe dont sont faits les rêves. »*

*

Les informations sur Tycho Brahe proviennent de multiples sources, les principales étant l'ouvrage de l'astrophysicien Jean-Pierre Luminet, *La discorde céleste*, éditions JC Lattès, celui de l'astronome Jean-Pierre Verdet, *Une histoire de l'astronomie*, éditions du Seuil, et celui d'Arthur Koestler, *Les Somnambules, essai sur l'histoire des conceptions de l'Univers*, traduction de Georges Fradier, éditions Calmann-Lévy.

Certaines réflexions ont été inspirées par le livre de Carlos Tinoco, Sandrine Gianola et Philippe Blasco, *Les « surdoués » et les autres*, éditions JC Lattès.

Les propos de Des Esseintes sur Shakespeare sont largement empruntés aux déclarations dans la presse du professeur Peter Andersen, ainsi qu'à Daniel Bougnoux, *Shakespeare, le choix du spectre*, éditions des Impressions nouvelles, à Pierre Bayard, *Enquête sur Hamlet*, éditions de Minuit, et à la préface de Jean-Michel Deprats à *Hamlet*, collection folio classique, éditions Gallimard.

On trouve la lettre de Rainer Maria Rilke à Marina Tsvetaïeva dans *Correspondance à trois*, traduction de Philippe Jaccottet, collection « L'Imaginaire », éditions Gallimard.

Les vers de Borges viennent du poème « L'Autre Tigre », traduit par Roger Caillois, dans *L'auteur et autres textes*, collection « L'Imaginaire », éditions Gallimard.

Ce voyage est évidemment ponctué de clins d'œil à Shakespeare et à Huysmans mais aussi à Lawrence et George Durrell, Deleuze, Bachelard, Jankélévitch, Kepler, Jules Breton et Lamartine, Jacques Réda, Neruda, Barbara, Christophe Bataille et Marguerite Duras.

Enfin, le poème d'Alfred Lord Tennyson ne s'intitule par *« Mary »* mais *« Maud »*.

## Les Éditions Points s'engagent pour la protection de l'environnement et une production française responsable

Ce livre a été imprimé en France, sur un papier certifié issu de forêts gérées durablement, chez un imprimeur labellisé Imprim'Vert, marque créée en partenariat avec l'Agence de l'eau, l'ADEME (Agence de l'environnement et de la maîtrise de l'énergie) et l'UNIIC (Union nationale des industries de l'impression et de la communication).

La marque Imprim'Vert apporte trois garanties essentielles :

- La suppression totale de l'utilisation de produits toxiques
- La sécurisation des stockages de produits et de déchets dangereux
- La collecte et le traitement de produits dangereux

RÉALISATION : NORD COMPO À VILLENEUVE-D'ASCQ
IMPRESSION : CPI FRANCE
DÉPÔT LÉGAL : AOÛT 2022. N° 161678 (3062095)
IMPRIMÉ EN FRANCE